einfach Uhl

Ein modernes Märchen

Peter Siefermann

Ein Märchenprinz ist er nicht, der Uhl. Aber er besitzt ein gutes Herz, und außerdem einen Motorroller, mit dem er über die Lande fährt. Bei einer solchen Tour lernt er auf dramatische Weise die schöne Elin kennen.

Doch da ist auch noch Uhls ebenso schöne Zimmernachbarin Paula, mit der ihn diverse Abmachungen verbinden.

Für die Fee meines Herzens

Impressum

TWENTYSIX – der Self-Publishing-Verlag

Eine Kooperation zwischen der Verlagsgruppe **Random House** und

BoD – Books on Demand

© 2021 Peter Siefermann

Herausgeber und Verlag
BoD – Books on Demand, Norderstedt

ISBN 9783740771942

Dienstag, September 2007
Jeden Morgen war es das gleiche Spiel. Wenn Uhl erwachte, versuchte er anhand der Helligkeit, die durch die Balkontüre ins Zimmer fiel, die genaue Uhrzeit abzuschätzen. Lag er daneben, kostete ihn das eine Liegestütze pro verfehlter Minute, abzuleisten im Laufe des Tages. Manchmal, wenn es wenige Minuten waren, erledigte er die Pflichtaufgabe umgehend. Zehn Stück schaffte er locker in einem Durchgang. Ansonsten, im Falle dass er schlecht geraten hatte, verteilte er sie nach Gutdünken, musste allerdings bis zum Abend fertig sein.

Er hatte die genaue Uhrzeit noch nie getroffen, doch mit der Zeit wurde er besser. Er lernte, verschiedene Faktoren wie die Jahreszeiten oder das Wetter mit einzubeziehen, und nicht zu vergessen die zweimalige Zeitumstellung, März und Oktober, Stunde vor oder Stunde zurück. Da hatte er sich doch glatt einmal über siebzig Liegestützen eingehandelt.

Jetzt war es Mitte September, und die Sonne ging merklich später auf als noch vor einem Monat. Vom Bett aus konnte er einen kleinen Ausschnitt des Himmels sehen, nicht mehr als ein schmaler Streifen über der Balkonbrüstung. Nach eingehender Betrachtung entschied er sich, das heute dargebotene Bild als wässriges Hellblau bezeichnen zu wollen, wie mit Aquarellfarben gehaucht anstatt gemalt. Das dürfte mit der Prognose aus der Zeitung übereinstimmen, denn die hatte für heute schönes Wetter angekündigt. Dann wanderten seine Augen über den Fußboden, denn das Licht warf einen leichten Schatten des Türrahmens ins Zimmer. Nicht, dass der Schatten mit dem Lauf der Sonne wanderte, nein, das

Zimmer lag nach Westen hinaus, was bedeutete, dass die Sonnenstrahlen erst nachmittags in die Wohnung schienen. Es handelte sich um einen einfachen Helligkeitsschatten, und je nach dessen Stärke addierte oder subtrahierte er im Kopf die eine oder andere Minute zu seinem Schätzergebnis hinzu oder davon ab.

Endlich legte er sich fest: *Es ist sechs Uhr einundfünfzig.*

Aber als er auf die Uhr schaute, war es bereits zwei nach sieben. Elf Liegestützen demnach, und die ersten zehn stemmte er noch vor, die elfte nach dem Gang auf die Toilette.

Die Einzimmerwohnung im Haus *An der Bachschleife* lag am südlichen und längeren Ende des L-förmigen Gebäudes im ersten Stock. Zwölf Einzimmerwohnungen, jeweils sechs auf beiden Seiten des Flurs, die einen nach Osten, die anderen nach Westen ausgerichtet. Im rechten Winkel dazu, im kürzeren Gebäudeteil des Ls, befanden sich die Zweizimmerwohnungen. Zwölf insgesamt, verteilt auf zwei Etagen. Uhl hatte bewusst die Einzimmer-Variante gewählt. Nummer achtzehn.

Betreutes Wohnen hieß das Konzept. Die Bewohner lebten weitestgehend autonom, mit dem Vorteil, dass das *Deutsche Rote Kreuz* einen Stützpunkt im Haus unterhielt und die Mitarbeiter sich um die Bewohner und deren mehr oder weniger aufwendigen Anliegen und Gebrechen kümmerten. Das ging von der einfachen Nachschau, ob eine Person wohlauf war und die Nacht lebend und unfallfrei überstanden hatte, bis zur Hilfe bei der Körperpflege, dem Anlegen von Stützstrümpfen oder dem Verabreichen von Medikamenten. Man legte, besonders von Seiten der Bewohner, Wert darauf, sich nicht in einem Pflegeheim zu befinden.

Uhl an sich benötigte keine Hilfe. So gesehen hätte er in seiner alten Wohnung bleiben können. Der Grund, weshalb er **diese** Wohnung gemietet hatte, war, dass er befürchtete, nachts einen Schlaganfall oder Herzinfarkt zu erleiden oder gar zu sterben, und unter Umständen tagelang unentdeckt zu bleiben. Eine Horrorvorstellung, die er nicht jeden Abend vor dem Zubettgehen haben wollte. Außerdem war der Unterhalt einer Einzimmerwohnung pflegetechnisch weit weniger aufwendig als eine Dreizimmerwohnung.

Seit seine Frau *Cilly*, *Cilly* von Cäcilie, vor Jahren gestorben, und seine Tochter Judith mit ihrem Mann beruflich bedingt nach Kanada gezogen war, lebte Uhl allein. Einzige Verwandte waren der Bruder der verstorbenen Frau mit dessen Familie; also Schwager, Schwippschwägerin und zwei Töchter. Doch Siegfried, wie der Schwager hieß, und seine Frau Margret wohnten in *Grafenhardt*, die Töchter irgendwo in Deutschland. Wo, das wusste Uhl nicht, und es interessierte ihn auch nicht. Er selber war schon immer in *Durlangen* daheim und wollte sich nicht ausmalen, woanders sein zu müssen.

Früher, als *Cilly* noch lebte, war es Usus, sich gegenseitig zu den Geburtstagen einzuladen. Viermal im Jahr, zweimal hier und zweimal dort. *Cilly* war die Triebfeder gewesen, so wie sie überhaupt für die sozialen Kontakte gesorgt hatte, doch seit sie nicht mehr war, geschah in dieser Beziehung so gut wie gar nichts mehr. Man traf sich höchst selten, und wenn, dann rein zufällig, zum

Beispiel auf dem Gemüsemarkt in der Stadt. Nun, Uhl fand das nicht schade.

Er wohnte zur Miete. Andere hatten ihre Wohnung gekauft, wie zum Beispiel Hubert, der über den Flur direkt gegenüber hauste. Auch Uhl hätte die Möglichkeit gehabt, hier Wohneigentum zu erwerben. Sechsundneunzigtausend Euro waren nicht zu viel für die Größe und Ausstattung. Geräumiges, behindertengerechtes Badezimmer; separate, vollausgestattete Küche, breiter Flur mit begehbarer Garderobennische; großer Wohn/Schlafraum und respektabler Balkon; Waschmaschine und Wäschetrockner im Keller inklusive eines Kellerabteils.

Wer Lust hatte, konnte sich mit anderen Bewohnern oder Gästen im Gemeinschaftsraum treffen. Abends herrschte dort ein ständiges Kommen und Gehen. Uhl hatte sich einmal dazu drängen lassen, am sogenannten Gemeinschaftsleben teilzunehmen. An Weihnachten war's vor einem dreiviertel Jahr, Heilig Abend, um genau zu sein, doch das Absingen von alten Weihnachtsliedern zu miserablem Christstollen vor brennenden Kerzen, und die enge Bestuhlung um den zentralen Tisch und somit die notgedrungene Nähe zu anderen Leuten, alle frisch gebadet und entsprechend parfümiert, hatten ihm widerstrebt. Heuer würde er der Einladung nicht Folge leisten. Er war kein geselliger Mensch.

Als seine Tochter Judith ihm vor circa eineinhalb Jahren ihre Pläne für Kanada offenbart hatte, war für Uhl die Zeit gekommen, sich neu zu orientieren. Bereits einen Monat später hatte er den Mietvertrag im Haus *An der Bachschleife* unterschrieben, und die Dreizimmer-Eigentumswohnung, in der er seit der Hochzeit mit *Cilly* gewohnt hatte, einem Immobilienmakler zum Verkauf angeboten. Den Erlös aus dem Verkauf, immerhin einhundertfünfundsechzigtausend Euro, legte er für kommende Zeiten auf die hohe Kante. Die reduzierte Rente, die er als Frührentner bekam, reichte für die Miete; dreimal *Essen-auf-Rädern* pro Woche; einen bescheidenen Lebenswandel; Versicherungen – unter anderem für einen Motorroller; Bücher; und für sein Hobby.

Uhl war Zimmermann gewesen. Mit neunundfünfzig Jahren krankheitsbedingt aus dem Berufsleben ausgeschieden. Für einen Mann, der auf den Dachfirsten von Häusern balancieren musste, waren Gleichgewichtsstörungen lebensgefährlich. Komischerweise spürte er heute nichts mehr davon.

Sein Hobby war, alte Fachwerkhäuser maßstabsgerecht nachzubauen. Aus Holz natürlich, etwas anderes kam für ihn nicht infrage, und an geeigneten Objekten mangelte es ihm wahrlich nicht, denn die Ortschaft *Obertalhalden*, keine zehn Kilometer von *Durlangen* entfernt, war das Fachwerkdorf schlechthin. Aber er konzentrierte sich nicht allein auf *Obertalhalden*. Er fuhr mit dem Motorroller gern übers Land, und entdeckte er ein interessantes Haus, fotografierte er es zunächst von allen zugänglichen Seiten, um bei späterer Gelegenheit mit den Bewohnern über einen eventuellen Nachbau zu sprechen. Rückte ein Objekt in die engere Auswahl und er erhielt die Zusage der Eigentümer, vermaß er die Baulichkeit mit einem Lasergerät außen wie innen; fertigte Skizzen; fotografierte beispielsweise Treppenhäuser, manchmal auch Tapeten; notierte Besonderheiten wie die Form der Dachziegel, die Beschaffenheit der

Grundmauern oder die Art der Beheizung. Es mussten unverfälschte Häuser sein, also nicht solche, die nach modernem Zeitgeist von Grund auf renoviert und umgebaut worden waren.

Mit dem Hobby hatte er vor vier Jahren begonnen, praktisch mit seinem sechzigsten Geburtstag. Damals noch in der alten und seit einem Jahr im Kellerabteil der neuen Wohnung. Ungefähr ein Jahr arbeitete er an einem Modell, und insgesamt existierten bis heute vier Modelle, das letzte bis auf einige Details so gut wie fertig. Zwei der Modelle hatte er an die Besitzer der Originale verkaufen können, jedes für dreitausend Euro.

Für die Möblierung der Häuser hatte er einen Online-Händler ausgekundschaftet, der Puppenhausinventar jeglicher Couleur anpries. Ihm schickte er Fotos der Originalmöbel mit den benötigten Maßen, und alsbald erhielt er Paketpost mit einer Zusammenstellung zumindest typähnlicher Einrichtungsgegenstände. Handelte es sich um Gemälde, verkleinerte er die gemachten Fotos verhältnismäßig und rahmte sie akribisch selbst.

Das Haus *An der Bachschleife* stand am nordwestlichen Stadtrand *Durlangens*, wo der Talbach in zahlreichen Windungen sich den Weg durch die Rheinebene bahnte. Der Bach kam von *Obertalhalden* her und durchquerte das tiefer gelegene *Talhalden*. Auf drei Seiten vom Bach umschlossen, hatte man das Haus auf einen extra aufgeschütteten Erdhügel gesetzt, um gegen allfällige Hochwasser geschützt zu sein. Über drei Fußgängerbrücken gelangte man in die diversen Bezirke der Stadt.

Meistens war es fünf Minuten nach acht Uhr, wenn die Pflegerin vom *Roten Kreuz* an Uhls Tür klopfte und sich nach seinem Befinden erkundigte. Normalerweise hatte er dann schon gefrühstückt und war angezogen, und für gewöhnlich entriegelte er die Tür und öffnete sie einen Spalt, damit sie ihn wohlauf sah. Wollte er dennoch einmal länger schlafen, hängte er ein Schild *„Bitte nicht stören"* außen hin. Ansonsten ließ man ihn in Ruhe.

Das Bett hatte Uhl in einer Wandvertiefung aufgestellt. Eine Art Alkoven, in den das Bett beinahe vollständig hineinpasste. Andere bevorzugten den Platz für den Kleiderschrank, hatten das Bett dafür sichtbar offen im Wohnraum stehen. Jeder wie er wollte. Hubert zum Beispiel, der Nachbar, hatte die gesamte Wohnung mit Holztäfer ausgekleidet und über dem Bett ein Dach aus Rindenholzbrettern montiert. Er war Liebhaber rustikaler Bauweise im alpenländischen Stil, und dementsprechend sah es bei ihm aus. Uhl fühlte sich jedes Mal, wenn er bei Hubert zu einem Bier eingeladen war, wie in einem Sarg. Aber das sagte er ihm nicht.

Uhl war ein Meter achtzig groß und schlank. Das dunkelbraune Haar trug er halblang mit einem Mittelscheitel. Es war von etlichen Silberfäden durchzogen, doch schien ihm irgendwann im Laufe der Jahre das Edelmetall ausgegangen zu sein, denn es wurden nicht mehr. Die schmale Nase passte zu seinen dünnen Lippen. Am auffälligsten unter dichten Augenbrauen waren die blauen Augen, die vielleicht eine Idee zu eng beieinanderstanden, was ihm einen verletzlichen Ausdruck verlieh, den er durch einen kurzgehaltenen Bart zu kaschieren versuchte.

Wenn er an seinen Modellen werkelte, hörte er gerne Musik, bevorzugt *Blues*, neuerdings auch solchen, den ihm Judith aus Kanada schickte.

Wie immer, wenn er außer Haus ging, klopfte er vorher bei seiner Zimmernachbarin Frau Krässig in Zimmer siebzehn an. An Uhls Tür, der letzten auf dieser Seite des Flurs, hing die Nummer achtzehn. Mit Frau Krässig hatte er eine Abmachung getroffen. Im Grunde waren es mehrere Abmachungen, aber die eine betraf das Einkaufen. Sie gab ihm jeweils einen Zettel mit, auf dem sie ihre Bestellungen notiert hatte, die er mitbringen sollte. So auch heute.

Frau Krässig litt unter Multipler Sklerose und saß im Rollstuhl. Eine andere Abmachung war, dass sie ihn über das Haustelefon anrufen durfte, wenn sie zum Beispiel aus dem Rollstuhl oder aus dem Bett gestürzt und vom *Roten Kreuz* nicht sofort jemand erreichbar war. Oder wenn sie es nicht alleine von der Toilette in den Rollstuhl schaffte. Oder wenn sie sich sehr einsam fühlte. Dann ging Uhl zu ihr hinüber, und entweder spielten sie einige Runden *Kniffel*, oder er las aus einem Buch ihrer Wahl vor, je nach ihrer Tagesform. Das Telefon trug sie vorsorglich immer in einem Beutel um den Hals.

Heute brauchte sie nur einen Bund Bananen, *aber bio müssen sie sein, Uhl, sonst kannst du sie selber essen*, und ein Fläschchen Rotwein.

Sie war erst siebenundfünfzig Jahre alt, mit honigblondem Haar, das ihr in langen Locken über die Schultern fiel. Eine schöne Frau, was Uhl ihr auch freimütig und ehrlich sagte, sie jedoch nicht hören wollte. Einmal pro Woche, bei geeignetem Wetter, gingen sie zusammen in die Stadt, wobei sie darauf beharrte, nicht geschoben zu werden. Schaufensterbummel, Drogeriemarkt und Cafébesuch. Das waren die Gelegenheiten, bei denen sie in der Regel ihren Sohn traf, der von der gleichen Krankheit gezeichnet war, aber in einer anderen Einrichtung lebte. Warum sie gerade Uhl, den relativ Neuen, für ihre Abmachungen erkoren hatte und nicht beispielsweise den etablierten Hubert von Zimmer neunzehn, sollte ihr gehütetes Geheimnis bleiben.

*

Für Elin war die Schule vorbei. Ein für alle Mal. Nie wieder Biologie-Unterricht, nie wieder Chemie-Unterricht. Mit Erreichen des dreiundsechzigsten Lebensjahres konnte sie nun in Pension gehen.

Die eine Woche in *Heilbronn* würde sie auch noch überstehen: Gestern die Vorstellung ihrer Nachfolgerin zum neuen Schuljahr; anschließend ihre eigene Verabschiedung; und übermorgen die Auflösung ihrer Wohnung, in der sie über dreißig Jahre gewohnt hatte. Ein Lebensabschnitt ging definitiv zu Ende.

Es war ihr nicht bange vor der Zukunft. Sie wusste genau, was sie tun würde.

Seit Tagen räumte sie die Bücherregale leer und verpackte die Bücher in stabile Kartons. Obwohl alle gelesen, manche davon zweimal oder öfter, brachte sie es nicht übers Herz, auch nur ein einziges auszusortieren und der Caritas zu übergeben. Ähnlich verfuhr sie mit den Massen an Unterrichtsunterlagen, die sich im Laufe der Jahre angesammelt hatten. Alle einst von ihrem eigenen Geld gekauft und den Schülern als Lernhilfen zur Verfügung gestellt. Ein Vermögen, nicht nur was die Kosten anbelangte, sondern mehr noch was es an ideellem Wert darstellte. Elin konnte anhand dieser Anschaffungen praktisch ihr Leben als Lehrerin Jahr für Jahr nachvollziehen. So viele Emotionen hingen daran, und Bilder all der Kinder, die das Glück hatten, sie als Lehrerin gehabt zu haben.

Anders verhielt es sich mit den Möbeln. Einzig ihr Bett wollte sie behalten und mit in ihr zukünftiges Domizil nehmen. An den übrigen Einrichtungsgegenständen war ihr nichts gelegen und sie konnte sich leichten Herzens davon trennen. Sie hatte das in den Sommerferien bereits mit den Leuten der Caritas besprochen.

Natürlich würde sie nicht komplett alles hergeben. Die Kleider, selbstredend, die Bettwäsche, die Bilder, der alte Teddy, die Querflöte, das Herbarium, der Computer, ein bisschen Geschirr, Erinnerungen – diese Dinge würden sie weiterhin begleiten.

Den größten Teil der Sommerferien hatte sie bei ihrer Mutter verbracht, und zu zweit hatten sie sich auf die kommenden Jahre gefreut. *Jawohl, Jahre,* dachte Elin, denn ihre Mutter würde im November neunzig Jahre alt werden und war zeitlebens nie krank gewesen. *Warum sollte sie jetzt, da wir endlich wieder zusammen sein werden, krank werden?*

Elin hatte schon immer ein besonderes Verhältnis mit ihrer Mutter verbunden. Das lag zum einen an der

Örtlichkeit ihres Hauses und der Beschäftigung der Mutter, zum anderen daran, dass die Mutter nie verraten hatte, wer Elins Vater war. Auf dem Land und zur damaligen Zeit war es der Inbegriff der Schande schlechthin, alleinerziehende Mutter zu sein. Aber je feindseliger und gehässiger die ehrbaren Leute aus dem Dorf über Mutter und Tochter herzogen, desto mehr schweißte es die beiden zusammen.

Elin war mit den Umzugsvorbereitungen so gut wie fertig. Sie überlegte, ob sie zum Essen eines der Restaurants am Neckar aufsuchen sollte, denn sie verspürte keine Lust, Töpfe und Teller wegen einer warmen Mahlzeit nochmal auszupacken. Sie prüfte den Himmel, fand, dass es schön sei, zog ihre Jacke an und schlüpfte in die Schuhe, als das Telefon klingelte. Nummer unbekannt.

Leicht unwillig nahm sie das Gespräch an. „Moser?"

Aber sie hörte nur ein entferntes Stöhnen, und Elins Blut gefror zu Eiskristallen. „Mutter? Bist du das? Mutter? Ist was mit dir?"

Sie lauschte in das Gerät hinein. Wieder das ächzende Stöhnen. Dann hörte sie die leise Stimme ihrer Mutter: „Elin, hilf ..."

*

Uhl hatte vor, mit dem Roller zu einem Steinbruch in der Nähe von *Sanderhofen* zu fahren. Vielmehr zu den Produkthalden des Steinbruchs, denn der Steinbruch selbst befand sich ein gutes Stück weiter hinten im Tal.

Ihn interessierten die Halden aus Granitschotter, von denen es mehrere in verschiedenen Körnungen gab, von

Eisenbahn- und Straßenschotter über kleinkörnigen Kies bis zu feinem Sand. Er suchte speziell flache Steine, maximal ein bis zwei Zentimeter dick, die er zu Hause zu rechteckigen Quadern und Mauersteinen brechen und schleifen konnte. Er benötigte sie für die Fundamentmauern seiner Fachwerkmodelle, auf die er dann die Grundkonstruktionen aus Holz legen konnte. Er war früher schon einmal dort gewesen und hatte zufriedenstellende Exemplare gefunden.

Auch heute war ihm das Glück hold, und nach dem Aufenthalt von einer knappen Stunde in den unteren Bereichen der Schotterhalden meinte er, genug Steine, er schätzte zwischen vier und fünf Kilo, gesammelt zu haben. Den Leinensack schnürte er auf den Gepäckträger des Rollers und trat den Heimweg an.

Das Sandertal mit seinen zahlreichen Seitentälern war ein weitläufiges Gebiet. War es im Hinterlauf der Sander noch schroff und von tiefen Schluchten und Graten geprägt, weitete es sich in Richtung der Vorberge zur Rheinebene hin. Die Berge wurde flacher und die Täler der Zuflüsse weicher. Selbst Uhl, der in der Gegend aufgewachsen war, kannte bei Weitem nicht jeden abgelegenen Zinken. Er war nie ein Wanderer gewesen, der wochenends auf Schusters Rappen die Heimat erkundete. So blieben ihm viele der Gewannbezeichnungen fremd, wie auch die meisten Namen der Bauernhöfe und deren Bewohner.

Darum drosselte er das Tempo des Motorrollers, als er aus einem solchen Seitental einen Notarztwagen, gefolgt von einem Ambulanzfahrzeug des *Roten Kreuzes* rumpeln sah, letzteres mit eingeschaltetem Blaulicht, aber aufgrund der schlechten Wegverhältnisse im Schritttempo fahrend.

Er hielt an und ließ den Einsatzfahrzeugen die Vorfahrt, die, endlich Asphalt unter den Rädern, mit Vollgas und Martinshorn davonjagten.

Uhl guckte in die Richtung, aus der die Ambulanz gekommen war. Der unbefestigte Weg lief leicht ansteigend auf einen Mischwald zu, im dem er zwischen den Bäumen verschwand und die das flache Tal wie mit einem Riegel absperrten. Er schaute sich um. *Irgendwo ein Hinweisschild? Hallo?*

Er überlegte nicht lange. Kurz entschlossen lenkte er den Roller auf den Weg und fuhr auf den Wald zu. Doch kam er nicht weit. Die Strecke war zu holprig. Größere Gesteinsbrocken prellten ihm den Lenker aus den Händen, und das Hinterrad wühlte tanzend hin und her und schleuderte kleinere Steine nach hinten weg. Uhl gab auf. Da er den Roller nicht wenden konnte, ließ er ihn rückwärts rollen, bis er wieder Asphalt unter den Füßen spürte.

Komisch, dachte er. *Da hinten scheint jemand zu wohnen. Ein Krankenwagen fährt doch nicht zum Vergnügen in der Pampa herum, oder?*

„Kennen Sie sich in der Gegend aus, Frau Krässig?", fragte er die Bewohnerin von Zimmer siebzehn, als er ihr die Bananen und das Fläschchen Rotwein brachte.

„Sind die auch bio?", lautete die Gegenfrage, während sie den Bund Bananen skeptisch mit der noch intakten

Hand drehte und wendete. „Ziemlich klein geraten, findest du nicht, Uhl?"

„*Demeter*", gab er zur Antwort. „Mehr bio geht nicht. Also?"

„Was ist mit also?"

„Ob Sie sich auskennen", wiederholte er.

„Mensch Uhl, ich bin im Schwäbischen aufgewachsen. Und als ich hierher kam, ging es schon los mit dieser Scheißkrankheit. Warum fragst du?"

„Ach nichts. Hätte ja sein können. Kann ich noch etwas für Sie tun?"

„Ja. Schraub´ mir die Flasche auf, sei so gut. Mir fehlt die Kraft dazu."

Er konnte sie gut leiden. Sie behandelte ihre Krankheit geduldig wie einen unliebsamen Gast; mit einer anerzogenen Höflichkeit, die aber unmissverständlich erkennen ließ, dass sie oder er nicht willkommen war. Uhl hatte sie noch nie jammern gehört.

Hin und wieder beobachtete er sie von seinem Balkon aus, wie sie unten am Bach die Wildenten fütterte. Wenn sie dann zum Haus zurückrollte und ihn bemerkte, winkte sie ihm mit der guten Hand zu. Uhl fragte sich, ob solch ein Leben im Rollstuhl für sie noch irgendeine Qualität besaß. Ob es Dinge gab, auf die sie sich freute. Oder vielleicht Ziele, die sie noch erreichen wollte. Aber wenn er sich vornahm, sie danach zu fragen, schreckte er davor zurück. Zumindest war das bislang so. Dann rettete er sich jeweils in die Ausrede, dass sie selber nicht gern darüber sprach. Dass sie heute erwähnt hatte, sie sei im Schwäbischen aufgewachsen, war ein erster Hinweis auf ihr Leben vor der Krankheit überhaupt. Vielleicht sollte er ihr doch ab und an die eine oder andere Frage stellen. Gut möglich, dass sie darauf wartete.

Uhl hatte seinen Computer hauptsächlich wegen des Grafikprogramms gekauft. Sündhaft teuer so ein Gerät, wenn es einigermaßen etwas taugen sollte. Nach anfänglichen Schwierigkeiten und einem Abendkurs für Senioren bei der Volkshochschule, ersetzte ihm das Programm heute die zeitaufwendige zeichnerische Handarbeit. Mehr noch. Der Computer erlaubte ihm nicht nur perspektivische Ansichten, sondern sogar dreidimensionale Rundgänge durch die vermessenen Räume.

Heute jedoch interessierte ihn nur ein Programm: *Google Earth*. Er gab als Suchbegriff *Sanderhofen* ein und verfolgte, wie die Kamera die Ortsansicht aus der Höhe auf den Bildschirm projizierte. Dann suchte er den Weg, auf dem er den Ambulanzwagen gesehen hatte. Als er die Stelle fand, zog er das Bild näher heran und folgte dem Weg wie mit einem Flugzeug. Bald tauchte der Weg im Wald unter, doch Uhl ließ sich nicht beirren und blieb der eingeschlagenen Richtung treu. Tatsächlich öffnete sich der Wald nach einigen hundert Metern zu einer ovalen Lichtung, der Weg wurde wieder sichtbar – und endete neben einem Hausdach, das am Rande der Lichtung erschien.

Ja, warum nicht? Ein Haus ist ein Haus, dachte er und änderte die Sichthöhe, sodass das ganze Tal überschaubar wurde. *Das ist eine Sackgasse*, entdeckte er. *Kein anderer Weg führt hinein oder hinaus als der, auf dem ich gekommen bin.*

Er studierte die Ansicht nach einem markanten Punkt, doch vergebens. Also zoomte er das Bild wieder näher heran. So nah, dass das Dach des Hauses sich in groben Pixeln auflöste und schließlich konturlos im Erdboden versank. Wieder ein Stück zurück. Uhl versuchte die *Streetview*-Funktion. Fehlanzeige. Er grunzte: *Bis hierher ist Google mit seinen Kameraautos natürlich nicht gekommen.*

Dennoch flog er tief über die Lichtung. Einzelne Punkte weckten sein Interesse. *Kühe? Ziegen? Schafe?*

Zurück zum Dach. *Wo ein Dach, ist auch ein Haus*, dachte er und stellte diesmal fest, dass neben dem Hauptdach ein zweites Dach zu erkennen war, dunkler und etwas schmaler als das andere, und dem Verlauf des Firstes nach im rechten Winkel dazu. *Eine Scheune? Ein Stall?*

Aber wie das Haus oder das Tal hieß, stand nirgendwo geschrieben.

Uhl schloss *Google Earth* und fuhr den Computer herunter. *Wen könnte ich fragen?*

*

Natürlich war die Autobahn dicht. Elin zerkaute die Flüche, bevor sie über die Lippen kamen. Schon vor Jahren hatte sie es aufgegeben, um *Karlsruhe* herum eine Umleitungsstrecke zu suchen. Es blieb ihr nichts anderes übrig, als den Stau mit rauchendem Kopf und kochendem Hintern auszusitzen.

Nach dem Notruf hatte sie wieder und wieder Mutters Telefonnummer gewählt, doch genauso oft ertönte das

Freizeichen, bis es automatisch abgebrochen wurde. Nun telefonierte sie vom Auto aus, das Handy direkt am Ohr, ganz Wurscht, ob es nun erlaubt war oder nicht. Wie es ihrer Mutter ging und wo sie hingebracht wurde.

Hüft- und Armbruch, sagte der von der Notrufzentrale, und Krankenhaus *Durlangen*.

Also nichts Neurologisches, dachte Elin erleichtert, um gleich zu relativieren: *Schlimm genug, und warum nichts Neurologisches, wenn man nicht weiß, wie es zu den Brüchen gekommen ist? Vielleicht ein Schwindel, ein Schlaganfall, oder – ach, Mutter.*

Nach Mutters Hilferuf war Elin sofort aktiv geworden. Den Notruf gewählt, Adresse durchgegeben, alte alleinstehende Dame, nicht klingeln, einfach reingehen, das Haus steht Tag und Nacht offen, dringend, nein keine Angaben zum Zustand, kann nicht mehr aufstehen, aber … nein, keine Medikamente, nein, gar nichts.

Die Autoschlange bewegte sich einige Meter vorwärts, Stoßstange an Stoßstange.

In höchster Eile hatte sie ein paar Sachen zusammengepackt. Wechselwäsche und -kleider, Necessaire in eine Tasche für eine Übernachtung, denn übermorgen musste sie bereits wieder in *Heilbronn* sein, wegen der Wohnungsübergabe und der Caritas, also spätestens morgen Abend die Rückfahrt antreten.

Wenn Mutter im Krankenhaus ist, wird sie versorgt, dachte sie. *Und nach übermorgen werde ich immer für sie da sein können. Außerdem: Mutter ist zäh wie Leder. Das wird schon alles wieder gut.*

Ab *Karlsruhe* floss der Verkehr wieder, zäh, aber vorwärts. Elin war es schon so gewohnt. Darum: Aussitzen ist besser als umfahren. Nach *Durlangen* waren es nur noch ein paar Kilometer. Klar, erst *Rastatt*, dann noch *Baden-Baden*, aber dann …

Normalerweise sah Mutter im Schlaf trotz neunzig gelebter Jahre wunderschön aus. Oder vielleicht nicht trotz, sondern wegen. Elin wusste es nicht genau. Mutter hatte das sanfteste Gesicht auf Erden, und sie wirkte so zufrieden und ausgeglichen. Sie liebte das Leben. Ihr Leben.
  Alles an ihr besaß die perfekte Form. Nichts war zu groß geraten, außer der Güte, oder zu klein, außer ihrem Egoismus.
  Sie schlief noch, als Elin das Zimmer auf der Intensivstation betrat. Vorsichtig näherte sie sich ihr, wie einem schutzlosen Rehkitz im hohen Gras. Noch nie zuvor war ihr Mutter so winzig vorgekommen wie jetzt, da sie beinahe körperlos vor ihr lag.
  Sie wird durchsichtig wie die gute Fee, von der sie mir immer erzählt hat, dachte Elin und flüsterte ergriffen Mutters wunderbare Beschreibung der Fee:

>Ein *Viertel des Schattens,*
>*ein Viertel des Lichts,*
>*ein Viertel des Fleisches,*
>*ein Viertel des Nichts.*
>*Als Ganzes ein Wesen,*
>*nicht Mensch und nicht Geist,*
>*nur gut dem im Bunde,*
>*der treu sich erweist.*

Der eingegipste Arm lag als unförmiger Klumpen neben dem flachen Hügel, den ihr schmaler Körper zu bilden vermochte. Falls sie ein Gipskorsett um die Hüfte trug, wovon Elin ausging, war es äußerlich nicht zu erkennen. Elins Augen füllten sich mit Tränen.

Sie hatte nicht bemerkt, dass ein junger Mann in weißem Kittel ins Zimmer getreten war. Erst als sie angesprochen wurde, erwachte sie aus ihren Gedanken.

„Oh, entschuldigen Sie, ich war …"

Er lächelte verstehend und wiederholte die Frage: „Sie sind die Tochter von Frau Moser?"

„Ja", antwortete Elin, „die bin ich. Elin Moser." Ihr Herz schlug schneller.

„Ich bin Dr. Fütterer. Der Notarzt. Ich wollte nur nachsehen, wie es ihr geht. Ich war heute Morgen bei ihrem Haus."

Elin schaute ihm direkt ins Gesicht. *Er hat ehrliche Augen*, dachte sie und räusperte sich. „Wie ist es geschehen?"

„Nun, als wir ankamen, war sie bei Bewusstsein. Sie sagte, sie sei über *Edeltraud* gestolpert, wer auch immer das ist, das haben wir nicht aus ihr rausbekommen."

Elin lächelte für die Dauer eines Lidschlags. „*Edeltraud* ist ihre Freundin. Ein Huhn. Wo …?"

„Sie lag am Fuße der Treppe vor dem Haus. Woher haben Sie gewusst, dass ihre Mutter einen Unfall hatte? Wir haben kein Handy bei ihr gefunden."

„Mutter besitzt kein Handy. Aber wo, sagten Sie? Vor dem Haus? Das kann nicht sein. Sie hat mich angerufen, ich hab´ mit ihr gesprochen", behauptete Elin, während ihre Gedanken zu dem abgelegenen Haus schweiften.

„Unmöglich", sagte Dr. Fütterer. „Ich war selber im Haus drin. Es war ja offen, wie Sie angegeben hatten. Der Telefonhörer lag fest auf der Gabel. Mit ihren Verletzungen kann sie unmöglich ins Haus zurückgegangen sein, um zu telefonieren. Ausgeschlossen."

Elins Blick veränderte sich, als würde sie in einem Spiegel ihre Seele betrachten. *Ich bin das Kind meiner Mutter*, murmelte sie abwesend. *Ich hätte es wissen müssen.* Sie wandte sich ihrer Mutter zu. *Es war die Fee, Mama, nicht wahr?*

„Pardon, Frau Moser, wer war was?"

Elin tauchte aus ihrer Versenkung auf. „Nichts", beeilte sie sich zu erwidern. „Nichts. Vergessen Sie´s. Wahrscheinlich ... äääh ... hatte ich mich getäuscht."

In diesem Moment flackerten Mutters Augenlider, und sie warf ruckartig den Kopf hin und her.

„Mama? Mama?", rief Elin und war augenblicklich neben ihr.

Nicht wirklich wach, stammelte ihre Mutter: „Elin ... Elin, das ... Haus. Der ... Dörr ..."

*

Aus Huberts Zimmer drangen für die Tageszeit unpassende Geräusche. Uhl stand vor der Tür, die Hand zum Klopfen erhoben. Er wusste, dass Hubert zu nachtschlafender Zeit bevorzugt Dirndl- und Lederhosen-Pornos glotzte. Aber am helllichten Tag?

Das ist neu, dachte Uhl und ließ das mit dem Klopfen bleiben. *Nicht, dass ich ihn noch bei der Handarbeit störe.*

Er kehrte in sein Zimmer zurück, tigerte dort jedoch unentschlossen hin und her. Nach einer Weile besann er sich zur Ruhe. *Was regst du dich so auf, Uhl? Was ist schon passiert? Ein ganz normaler Vorgang. Ein Mensch ist krank geworden, der Arzt ist gekommen und hat den kranken Menschen ins Krankenhaus bringen lassen. Du bist schon x-mal an diesem Tal vorbeigefahren, und nichts daran hat dich interessiert. Wenn du nach alten Fachwerkhäusern suchst – die findest du im ganzen Land. Also mach´ den Deckel drauf.*

Leichter gesagt als getan. Missmutig fuhr er mit dem Aufzug in den Keller hinunter, schloss sein Kellerabteil auf und schaltete das Licht an. Sobald er die beiden Modelle sah, das dritte nichtverkaufte und das vierte beinah fertige, verging ihm die Lust. Wie er gekommen war ging er wieder zurück, zog die Windjacke an, schloss die Wohnung ab und startete den Motorroller.

Wäre doch gelacht, dachte er.

Er kannte die Strecke vom Haus *An der Bachschleife* in die Stadt aus dem Effeff, könnte sie vermutlich mit verbundenen Augen zurücklegen, wenn dort die Ampel nicht vor der Kreuzung an der Bundesstraße stünde. Gut, er wollte gar nicht in die Stadt, sondern weiter ins Sandertal, doch über diese Kreuzung musste er, ober er wollte oder nicht.

Es war Mittagszeit, kaum Verkehr, die Ampel zeigte rot, Uhl drosselte das Tempo, um sofort Gas zu geben, wenn die Ampel auf Gelb sprang.

Er hielt es für typisch Deutsch und ein Unding, dass man vor einer roten Ampel warten musste, selbst wenn weit und breit kein anderes Fahrzeug in Sicht war. In anderen Ländern, er dachte speziell an Südeuropa, sah man das nicht so eng.

Er behielt mit Argusaugen die Ampel im Blick. Wenn sie in den nächsten drei Sekunden nicht umschaltete, würde er anhalten müssen. Doch er hatte Glück. Die Gelbphase leuchtete auf, und schon dreht er am Gasgriff, dass der Roller zügig in die Kreuzung fuhr.

Im letzten Augenblick bemerkte er in den Augenwinkeln einen blauen Schatten von links. Ein Kleinwagen schoss, aus Richtung Krankenhaus kommend, als Linksabbieger in die Kreuzung hinein und schnitt Uhl die Geradeausfahrt ab. Er bremste vehement und riss den Lenker herum, produzierte einen deftigen Schlenker, bevor er das Zweirad wieder in Griff bekam.

Zum Teufel nochmal, was war das denn? Der ist doch bei Dunkelrot über die Ampel!

Der blaue Wagen bewegte sich in die gleiche Richtung wie er, allerdings vor ihm. Immer noch innerorts, beeilte sich Uhl, zu dem Auto aufzuschließen, aber das gestaltete sich gar nicht so leicht. *Hier ist fünfzig, und der fährt achtzig.*

Uhl warf alle Hemmungen über Bord und kam näher. *Ein Heilbronner Kennzeichen.* Endlich war er nah genug, um über den Rückspiegel Augenkontakt mit dem Autofahrer herstellen zu können. Doch der tat ihm den Gefallen nicht, sondern starrte nur geradeaus. Aber nach der Form der Augen und der Augenbrauen könnte es eine Frau sein. Uhl grunzte: *Blöde Kuh.*

Sie erreichten das Ortsausgangsschild. Das blaue Auto drückte mächtig auf die Tube. Uhls Motorroller, eine hundertfünfundzwanziger *Vespa*, brachte es nur auf hundert km/h, und bald vergrößerte sich der Abstand, bis das Auto vor ihm nur noch stecknadelkopfgroß war.

Hinter *Kirchenrottach* war es ganz weg. Uhl gab die Verfolgung auf. *Was soll's?*

Als er sich *Sanderhofen* näherte, machte er eine überraschende Entdeckung. Das blaue Auto verschwand gerade in dem Wald, aus dem heute Morgen die Ambulanz gekommen war.

Uhl überlegte nicht lange. *Jetzt will ich's wissen*, sagte er sich und steuerte den Holperweg an. Rücksichtslos prügelte er den Roller über das Geröll, wich, wo möglich, auf die Grasnarbe daneben aus.

Dann stach er mit brachialer Wucht in den Wald hinein – und roch den Rauch.

*

Kaum dass ihre Mutter die letzte Silbe über die Lippen gezwungen hatte, war Elin aus dem Krankenzimmer gestürmt. Ungeachtet des Ruhegebots durch den Flur der Intensivstation gefetzt, die Treppe nach unten geflogen, zum Ausgang hin Leute brüsk zur Seite gerempelt, auf den Parkplatz gerannt, Auto auf, Türe zu, Vollgas, die Straße runter. Die Ampel grün, *welch ein Segen*, abbiegen nach links, *oh Mist*, gelbrot die Ampel, Gaspedal, *Scheiße, jetzt ist rot, egal, drüber weg, kommt ja keiner, oh doch, der Roller, iiihhhh, das wird eng, verflucht ... vorbei, ich bin vorbei, nichts ist passiert, puuuhhh, Kreuz an die Bühne.*

Jetzt ging es praktisch nur noch geradeaus.

Der Dörrautomat! Wie oft hab´ ich ihr schon gesagt, dass sie einen neuen kaufen soll. Aber wieso, Kindchen, er tut´s doch noch, warum so viel Geld ausgeben, ich bin ja zu Hause, gehe nicht weg, und bevor er überhitzt, stelle ich ihn einfach ab.

Elin drückte aufs Tempo. Siebzig, achtzig Sachen.

Unser Haus, unser schönes Haus. Schneller, schneller, vielleicht ist es noch nicht zu spät, vielleicht hält dieser blöde Apparat das eine Mal durch. Mensch, Mama.

Rascher Blick in den Rückspiegel.

Nanu, der Rollerfahrer? Was will der denn? Warum fährt er so dicht auf? Ist doch überhaupt nichts passiert, hab´ doch gar nichts gemacht. Ist das eventuell solch ein Rechtsbesessener? Nein, wie heißen die? Richtig. Gerechtigkeitsfanatiker. Vorfahrt genommen, Gefährdung im Straßenverkehr, blablabla? Na, wenn ich außerhalb der Ortschaft bin, hänge ich ihn ab.

Endlich freie Fahrt. *Kirchenrottach* sauste nur so vorbei. Vier Minuten später passierte sie das Ortsschild *Sanderhofen*. Dann bremste sie abrupt ab.

Rechts herum mit der Karre, und los geht´s über die Schüttelstrecke. Die Gemeinde macht nix. Privatweg. Sanierung nur auf eigene Kosten. Die spinnen wohl.

Steine prasselten gegen den Unterboden, das Lenkrad spielte verrückt. Dann begann der Wald, und der Fahrweg wurde besser. Uralte Schichten von Laub und Tannennadeln dämpften die Fahrt. Dreihundert Meter, vierhundert, gleich würde sie es geschafft haben. Dann drang der Geruch über die Lüftung ins Wageninnere. Elin geriet in Panik.

Nein, nein, nein, Mama ...

Der Wagen durchbrach die Waldgrenze und raste auf die Lichtung hinaus. Elins Blick auf das Haus. Aus der abgewandten Seite des Daches quoll schwarzgrauer Rauch. Elin sprang aus dem Auto, kaum dass es stand – und verharrte für Momente wie betäubt vor dem Haus, das sie so liebte. Sie starrte gleichzeitig paralysiert wie fasziniert zu dem Dach hinauf. Für Sekunden drohten ihre Knie nachzugeben. Der Wunsch, sich einfach ergeben in das Gras zu setzen, schien so verlockend.

Ach Mama ...

Der Ohnmacht nah taumelte sie gegen das Auto. Intuitiv begann sie zu raunen: „Ein Viertel des Schattens, ein Viertel des Lichts, ein Viertel des Fleisches ... Wo bist du?"

Plötzlich erfüllte kreischender Lärm die Luft. Ein Fahrzeug stob aus dem Wald, halsbrecherisch, direkt auf sie zu. Ein silbergrauer Roller, drauf ein bärtiger Mann. Achtlos warf er die Maschine zur Seite, den Helm mit einem Ruck vom Kopf und hinterher. Gehetzt schaute er sich um, stürzte dann auf Elin zu.

„Telefon!", schrie er sie an. „Die Feuerwehr! Schnell!"

Elin stand unter Schock und reagierte nicht. Da packte er sie an den Schultern und schüttelte sie. „Die Feuerwehr. Ruf´ die Feuerwehr. Sofort!"

Elin kam zu sich. „Die Feuerwehr, ja."

Der Mann starrte sie an, ob sie ihn verstanden hätte, und als sie sich bewegte, ließ er sie los.

Während Elin endlich zu handeln begann, stürmte er zum Haus. Davor ein Brunnentrog, ein Eimer. Mit gefülltem Eimer hastete er die Treppe hinauf, ins Haus hinein. Ein Wohnzimmer mit zentraler Treppe nach oben. Zwei Stufen auf einmal nehmend, raste er hinauf. Zwei Türen rechts, unter einer quoll Rauch hervor. Mit der Schuhsohle trat er die Klinke nach unten. Die Tür sprang nach innen auf. Da, das Feuer unter dem Dach loderte kräftig auf und hatte bereits ein Loch in die Dachschräge gefressen. Lehmwickel mit Stroh fielen brennend zu Boden. Flammen schlugen nach draußen.

Trotz enormer Hitze drang er mit angehaltenem Atem in das Zimmer ein, schleuderte den Eimerinhalt im Bogen an die Decke. Es zischte und fauchte protestierend. Bebend trampelte er ein paar Feuernester auf dem Fußboden aus. Dann musste er aus Atemnot den Raum verlassen. Rasch schloss er die Tür hinter sich, um das Feuer nicht mit noch mehr Sauerstoff zu nähren.

In Windeseile polterte er wie ein Berserker die Treppe hinunter. Die Frau kam ihm entgegen, einen Eimer Wasser in der Hand. Fliegende Übergabe ohne Worte. Wieder hinauf. Tür auf. Mit Schwung das Wasser auf die Flammen. Neue Flammen züngelten auf. Austreten, austreten, raus aus der Hölle, Luft schöpfen, Wasser schöpfen, die Treppe, die Frau, Eimerwechsel, und alles erneut, atemlos, schütten, schöpfen, trampeln, keuchen – wo, verdammt, bleibt die Feuerwehr?

Auf einmal hat sie zwei Eimer. Gut so. Gute Frau. Wasser, Wasser, auf die Flammen, ins Feuer.

Er kämpft, sie kämpft, unermüdlich und doch am Ende der Kräfte. Sie besitzen keine Sprache, nur Stöhnen und Keuchen, immer und immer wieder, hinauf und hinab, schwere Beine, schwere Arme. Einmal, als die Schritte schon kürzer werden, stolpert er auf der Treppe, strauchelt und fällt, schlägt ein Knie und das Kinn an den Stufen auf, blutet, das Wasser schwappt in den Eimern, doch er rettet es, und als er glaubt, dass sie es niemals schaffen werden, das Loch im Dach weiter und gnadenloser wird, wirft er mit einem Urschrei zwei Wasserladungen nacheinander über das brennende Gerippe.

Mit gebeugtem Oberkörper steht er da, ringt nach Luft. Die Arme können nicht mehr. Er zittert wie Espenlaub, ausgelaugt und ohne Kraft. Rückwärts taumelt er aus dem Raum, zur Treppe, klammert sich ans Geländer und rutscht völlig ermattet auf die Stufen.

Sie eilt ihm entgegen, knallt den nächsten Eimer auf die Stufe, beugt sich zu ihm. „Großer Gott, was ist mit dir? Warte, ich helfe dir auf und nach draußen. Du brauchst unbedingt frische Luft."

Er schüttelt den Kopf. „Müssen weitermachen ... weitermachen ... müssen ..."

Resolut richtet sie sich auf, greift den Eimer, schleppt ihn die Treppe hoch, die Zimmertür steht offen, der Lack mit Brandblasen, der Fußboden mit Brandlöchern übersät.

Sie hält den Atem an und wagt sich hinein. Rauch wabert von den verkohlten Balken. Die Dachziegellatten komplett verbrannt. Das Feuer hat ein Loch gefressen beinahe so breit wie das Zimmer und so hoch wie die Dachschräge. Die verbliebene waagerechte Decke kohlrabenschwarz, die Ränder angesengt und angenagt, mit bizarren Mustern aus Feuer, Rauch und Wasser bemalt, wie von einem Feuergott oder dem Leibhaftigen. Aber sie entdeckt keine Flammen.

Sie wagt sich kaum zu bewegen, um nicht zu zerstören, was sie sieht: Keine Flammen.

Unendlich langsam stellt sie den Wassereimer ab, und genauso langsam verlässt sie mit steifem Rücken den Raum. Als sie sich der Treppe nähert, spült es plötzlich die Emotionen nach oben. Die Belastung fällt ab, die Adrenalinproduktion fährt zurück. Sie sinkt neben ihm auf die Stufen. Ihre Hand findet seinen Arm. Er spürt, wie sich ihre Anspannung in einem starken Beben entlädt. Er legt den Arm um ihre Schultern und gewährt ihr den Halt, den sie jetzt braucht.

Nach Minuten der Erlösung fragte sie schniefend und schwach: „Hast du vielleicht ein Taschentuch?"

Er puhlte ein Papiertaschentuch aus der Hosentasche und reichte es ihr.

„Danke", sagte sie, und verschmierte Tränen, Schweiß und Ruß zu einer drolligen Maske, was ihm ein Lächeln ins Gesicht zauberte.

„Komisch?", fragte sie.

Er nickte und brummte bestätigend.

„Wie heißt du überhaupt?", fragte sie.

„Uhl."

„Uhl?"

„Ja, einfach Uhl."

Dann kam die Feuerwehr.

Die Männer untersuchten den Brandort. Es könnten Funken in die Hohlräume zwischen Dachziegeln und Lehmwickel geflogen sein und ein neues Feuer entfachen. Das eingebundene Stroh in den Lehmwickeln war pulvertrocken. Außerdem musste man immer mit Spinnweben und Wespennestern rechnen, die leicht entzündbar waren. Sicherheitshalber bliesen sie Löschschaum in die Zwischenräume und besprühten die rauchenden Balken mit Wasser.

„Respekt", sagte der Feuerwehrkommandant. „Normalerweise brennt so ein alter Schuppen wie Zunder. Sie haben Großartiges geleistet. Ich will dennoch einen Mann zur Brandwache abstellen. Für alle Fälle."

„Ich denke, wir waren gerade noch zur rechten Zeit zur Stelle. Fünf Minuten später hätten wir nichts mehr ausrichten können", sagte Uhl.

„Trotzdem: Es ist ein Wunder. Ich wiederhole mich nochmal: Respekt. Wir rücken dann wieder ab. Wie gesagt: Einer unserer Leute kommt später her und übernimmt über die Nacht die Brandwache. Viel Glück."

Elin und Uhl waren allein. Gemeinsam stiegen sie zur Brandstelle empor und begutachteten den Schaden. Durch das Brandloch schien die Nachmittagssonne herein. Uhl hatte noch keine Zeit gehabt, sich im Zimmer umzuschauen. Jetzt stellte er fest, dass an den unversehrten Wänden Regale voller Leinensäckchen und Schraubgläser angebracht waren.

„Was ist das?", fragte er sie. „Es riecht ein bisschen nach Pilzen."

Sie nahm ein Säckchen in die Hand, schüttelte Asche und Ruß ab und hielt es ihm unter die Nase. Er schnupperte dran. „Steinpilze", sagte er.

„Meine Mutter sammelt sie in den Wäldern. Was sie nicht gleich selber verzehrt oder an Hotels und

Restaurants verkauft, trocknet sie." Elin zeigte auf ein stark deformiertes Gerät. "Das ist der Verursacher des Brandes. Ihr Dörr-Apparat. Ich hab´ es ihr verboten, mit dem alten Ding zu arbeiten. Normalerweise, wenn sie zu Hause ist, kann auch nichts passieren. Aber heute Morgen ist sie gestürzt, hat Hüfte und Arm gebrochen und liegt in *Durlangen* im Krankenhaus. Ich war gerade bei ihr zu Besuch, als ihr das mit dem Apparat eingefallen ist. Ich bin natürlich sofort losgerast, um … es tut mir leid, dass ich Sie … ich meine, dass ich dich beinahe gerammt habe."

Uhl winkte ab. "Schon vergessen. Ich war heute Morgen in *Sanderhofen* und habe zufällig den Ambulanzwagen gesehen, als er von hier kam, wahrscheinlich mit deiner Mutter. Es hat mich interessiert, wer hier in diesem Tal wohnen könnte. Ich kannte es bisher überhaupt nicht und hab´ auch im Internet nichts gefunden. Ein Hinweisschild an der Straße existiert ebenfalls nicht. Zuerst wollte ich mit dem Roller den Weg hochfahren, bin jedoch umgekehrt. Der Weg ist echt eine Katastrophe. Und vorhin war ich auf dem Weg zur Ortsverwaltung im Dorf, um mich nach dem Zinken zu erkundigen. Da bist du mir dann in die Quere gekommen. Wie heißt diese Ecke eigentlich?"

Elin nickte bedeutungsschwer. "Zum Glück hab´ ich dich getroffen. Das Haus wäre verloren gewesen. Alleine hätte ich es niemals geschafft. Uhl, ich bin dir so sehr zu Dank verpflichtet, dass …"

Er legte den Finger senkrecht über die Lippen. "Pscht. Über Selbstverständlichkeiten reden wir nicht, und somit gibt es auch nichts zu danken."

Sie atmete tief durch. „Deine Frage: Man nennt das Tal *Im Gjätt*, und das Haus ist das Hexenhaus. Du kannst jeden im Dorf fragen, und jeder wird dir eine andere Hexengeschichte aufbinden. Meine Mutter gilt bei den allermeisten Leuten als Hexe. Wenn du willst, erzähle ich dir später mehr darüber. Was hat dich so an dem Tal interessiert, dass du hierherfahren wolltest?"

„Ich sammle quasi alte Fachwerkhäuser und baue sie als Modell nach. Das ist mein Hobby. Und ich dachte, dass…"

„Dass du hier ein altes Fachwerkhaus finden würdest. Tut mir leid, dass ich dich enttäuschen muss, unser Haus ist leider total aus Holz gebaut. Darf ich dir etwas sagen?"

Bis auf die Lehmwickel unterm Dach, dachte er, sagte aber: „Nur zu, keine Hemmungen", antwortete er neugierig.

„Du siehst aus wie ein Köhler nach der Arbeit. Unten ist ein Bad. Ich gebe dir Seife und ein Handtuch, dann kannst du dich etwas waschen. Wenn du sauber bist, kleb' ich ein Wundpflaster auf dein Kinn. Mit deinen Kleidern allerdings weiß ich auch keinen Rat."

Er schaute an sich hinunter. Sie hatte recht. Er sah aus wie eine Drecksau. „Okay", meinte er einsichtig und grinste breit.

„Und noch eine große Bitte. Wie ich sagte, liegt meine Mutter im Krankenhaus. Ich hab' sie vorhin fluchtartig verlassen und muss dringend wieder zu ihr. Würdest du bitte hierbleiben, bis ich von dort zurückkomme? Ich seh' zu, dass es nicht zu spät wird. Es wäre mir eine echte Erleichterung."

Er guckte auf die Uhr, die halb drei Uhr anzeigte, und während er es tat, schämte er sich dafür, weil es den Eindruck erwecken musste, keine Zeit zu haben. Doch er hatte Zeit. Viel Zeit sogar. Er spürte, dass er vor Verlegenheit rot wurde und war gleichzeitig froh darüber, noch nicht gewaschen zu sein. Als er wieder auf- und in ihr Gesicht schaute, sah er sie bewusst zum ersten Mal richtig an und ihm fiel endlich auf, wie schön sie war.

„Klar", sagte er und schluckte die Verlegenheit runter. „Kein Problem. Nimm dir alle Zeit, die du brauchst. Es wird mir hier bestimmt nicht langweilig."

Nachdem Elin sich selber vom gröbsten Schmutz befreit und die Kleider gewechselt hatte, fuhr sie mit gemischten Gefühlen zurück ins Krankenhaus. Es war ihr nicht recht, über einen Fremden so zu verfügen, wie sie es von Uhl verlangte. Der Mann hatte wahrlich genug für sie getan, und jetzt bat sie ihn auch noch, auf sie zu warten. Aber die Angst, das Haus in dieser Situation unbewacht lassen zu müssen, war stärker gewesen als die Einhaltung von Anstandsregeln.

Während sie fuhr, wurden ihr allmählich das ganze Ausmaß und die Tragweite der Geschehnisse des heutigen Tages bewusst. Die Einschläge, was an Aufgaben und Erledigungen auf sie zukam, folgten in immer kürzeren Abständen, sodass sie sich wie Blätter im Herbstwind immer schneller zu drehen begannen und sie auf einmal nicht mehr wusste, wo ihr der Kopf stand. Mutter auf längere Zeit ans Bett gefesselt und somit ein Pflegefall; das Haus praktisch ohne Dach und ohne Schutz; der ganze Dreck; die Tiere, die versorgt werden mussten; der

Umzug übermorgen von *Heilbronn* nach … *Ja, wohin? In eine Ruine?*

Elins Augen ertranken im Tränenwasser. In höchster Not lenkte sie das Auto in eine Straßenausbuchtung, wo sie, das Gesicht in die Hände geborgen, von Verzweiflung übermannt wurde. *Das schaff' ich nicht. Unmöglich, das schaff' ich nicht.*

Nach einer Weile trocknete sie ihr Gesicht und sammelte sich. *Es hilft nichts, wenn ich hier sitze und flenne. Was geschehen ist, ist geschehen. Immerhin weiß ich jetzt, was zu tun ist. Ich hatte es mir zwar anders vorgestellt, aber so ist es nun mal nicht gekommen.*

Mutter blickte ihr mit verheulten Augen entgegen. „Elin, ich …"

Woher sie es weiß, weiß ich nicht, aber sie weiß es, dachte Elin, beugte sich über sie und nahm sie in die Arme. „Pschsch, Mama. Alles wird gut." Woher sie diese Zuversicht nahm, war ihr ein Rätsel, doch plötzlich war sie da. Und so, wie sie sie empfand, glaubte sie auf einmal auch daran. „Du lebst, Mama, das ist das Allerwichtigste. Unser Haus steht noch, und alles andere kann man wieder ersetzen. Leider ist dein Dörr-Apparat hinüber. Sag´, wie fühlst du dich? Hast du Schmerzen?"

„Nein, sie sind erträglich", antwortete sie. „Das Haus – ist es arg schlimm?"

„Wir hatten Glück. Ein Mann hat geholfen, das Feuer zu löschen. Das Dach kann man bestimmt flicken."

„Oh, doch so schlimm?" Mutters Atem vibrierte. „Sag´ dem Mann, dass ich ihn sehen will. Ich will ihm danken."

Elin lächelte. „Ich werd´s ihm ausrichten. Er wartet augenblicklich daheim, bis ich wiederkomme."

„Dann lass´ ihn nicht zu lange warten, Kind. Für mich ist es sowieso besser, wenn ich schlafe. Denkst du auch an die Ziegen und Hühner? Sei nicht böse mit *Edeltraud*. Sie kann nichts dafür."

„Natürlich, Mama. Brauchst du etwas, das ich dir morgen bringen soll? Wäsche, Obst?"

Mutter schüttelte den Kopf. Dann äußerte sie doch noch einen Wunsch. „In meinem Bett, wenn es noch existiert, unter dem Kopfkissen, liegt ein Wurzelholz. Das."

*

Uhl war nicht untätig geblieben. Sobald die Frau weg war, hatte er über den Festnetzanschluss des Hauses die Nummer seiner alten Firma gewählt: *Holzbau Hämmerle* in *Hintersander*.

„Holzbau Hämmerle?"

„Ahoi, Alois, kennst du deinen alten Mitarbeiter noch?"

„Uhl! Schön, mal wieder etwas von dir zu hören. Wie sich herumgesprochen hast, machst du jetzt in Modellbau?"

„Hahaha, soso, das spricht sich also herum? Naja, du kennst ja meine Vorliebe für Fachwerke. Aber deswegen ruf´ ich dich nicht an. Hör´ zu, es geht um Folgendes. Weißt du, wo das *Im Gjätt* ist? Also …"

Als nächstes schaufelte und kehrte er die vom Dach gefallenen Ziegel zu einem Haufen. Schaufel und Besen hatte er in dem stallartigen Querbau gefunden, dessen Dach ihm von *Google Earth* gezeigt worden war.

Und jetzt war er dabei, den Schutt und Dreck aus dem Brandzimmer zu räumen und neben dem Haus auf den Ziegelhaufen zu schmeißen.

Während er auf seine Ex-Kollegen wartete, inspizierte er im Erdgeschoss den Raum, der sich unter dem Brandzimmer befand. Es handelte sich um die Küche, wie er bereits vermutet hatte. Er konnte sich nicht vorstellen, dass von der Menge Wasser, die er oben verschüttet hatte, nichts durch den Fußboden, beziehungsweise die Decke gedrungen war. Und richtig. An der hölzernen Decke hingen Wassertropfen, und an den Wänden liefen breite feuchte Bahnen nach unten. Auf den Arbeitsflächen hatten sich graue Pfützen angesammelt, ebenso auf den gewachsten Bodendielen.

Im Bad entdeckte er Putzlappen. So begann er, die Wasserlachen aufzunehmen und in einen Eimer zu wringen, die Wände und Decken abzuwischen und mit einem trockenen Tuch nachzureiben. Er wusste, dass das alles nicht ausreichen würde, die Feuchtigkeit zu bekämpfen, doch ein erster Anlauf war gemacht. Er würde ... würde ... *verflixt, ich weiß nicht mal ihren Namen* ... ihr ... einen Entfeuchter empfehlen. *Holzbau Hämmerle* verfügte über solch ein Gerät. Wie es in den Schränken aussah, wollte er mit ... *ich muss ihren Namen wissen* ... ihr überprüfen.

Gerade fertig geworden, fuhr ein Kleinlaster der Firma vor. Zwei Männer stiegen aus, mit breitem Grinsen in den Gesichtern. Sprücheklopfer Willi und der maulfaule Bartl. „Mensch, Uhl, was hast du denn hier angerichtet? Arbeitest du seit neuestem für die alte Hexe?"

„Keine Ahnung, wovon du redest, Willi. Grüß´ dich Bartl. Habt ihr die Plane dabei?"

Der mit Willi Angesprochene deutete mit dem Daumen auf die Ladefläche des Lastwagens. Dann wanderten seine Augen zum Haus und übers Dach; er stapfte einige Meter herum und entdeckte das Brandloch. „Heiliger Bimbam, Mann, was für ein Dusel, dass die ganze Hütte nicht abgefackelt ist. Ist das dein neuer Wohnsitz?"

Uhl räusperte sich. „Bin rein zufällig hier vorbeigekommen, als es gebrannt hat. War beim Pilze suchen. Also, was meint ihr? Reicht die Plane?"

„Die Plane reicht. Wir müssen nur genug Anker setzen, damit sie dem Wind standhält. Dann würd´ ich sagen, dass wir anfangen, was Bartl?"

Bartl nickte, und dann fingen sie an.

Elin kam gerade rechtzeitig aus *Durlangen* zurück, um den Abschluss der Arbeiten zu erleben. Die drei Männer waren dabei, die dachübergreifende Regenplane an den acht in den Boden geschlagenen Ankern zu spannen und zu befestigen.

„So, das hält den stärksten Orkan aus", versicherte Willi, der Elin unverhohlen anglotzte. An Uhl gewandt raunte er anzüglich: „Jetzt ist mir klar, welche Pilze du gesucht hast." Er produzierte mit den Händen zwei Wölbungen vor der Brust. „Pilze, du verstehst, Uhl? Hähähä. Was Bartl? Pilze."

Bartl grinste schmierig.

„Du bist so ein Idiot, Willi", antwortete Uhl und tippte Willi an die Stirn. Der meckerte vergnügt vor sich hin.

„Tja, wir müssen dann mal wieder. Guten Abend, die Dame, und guten Appetit. Komm´, Bartl, machen wir Feierabend. Tschau, Uhl, hihihi. Pilze, hihihi."

Die Ex-Kollegen kletterten in den Lastwagen, wendeten und fuhren davon.

Elin trat zu Uhl. „Was hat er denn? Was meint er mit *guten Appetit*? Und was hat das alles hier zu bedeuten? Das Haus ist abgedeckt? Wie …"

„Falls es regnet, und dass keine Vögel und Insekten eindringen", sagte Uhl und hoffte, sie würde wegen der anderen Fragen nicht nachhaken.

„Und wieso *guten Appetit*?"

Pech gehabt, Uhl, dachte er und errötete zum zweiten Mal an diesem Tag, nur dass Elin es diesmal bemerkte.

Sie warf ihm einen Rettungsring zu. „Du brauchst nichts zu sagen, Uhl. Ich kann es mir auch so denken. Männertratsch, nicht wahr? Bin ich wenigstens gut dabei weggekommen?"

Er verfärbte sich um eine weitere Nuance dunkler und scharrte verlegen mit den Füßen im Kies. „Es … ich … er ist halt ein Schandmaul, der Willi. Er hat gemeint, dass ich … dass du … und ich … ach, du weißt schon."

Sie schaute ihm lange ins Gesicht. Erst staunend, dann lächelnd, dann ernst, bis sie die Hand ausstreckte und sagte: „Ich heiße übrigens Elin."

*

Als Uhl nach Hause kam, wurde er Zeuge, wie hinter den Vogesen, begleitet von einem dramatischen Farbenspiel, die Sonne unterging. Es war nach neun Uhr, und er verfolgte das Naturschauspiel vom Balkon aus.

Die gleiche Idee musste Frau Krässig gehabt haben, denn plötzlich vernahm er ihre Stimme vom Balkon nebenan: „Bist du das, Uhl, der so stinkt?"

„Ach, guten Abend, Frau Krässig. Schönes Bild, finden Sie nicht?"

„Du warst lange weg", stellte sie fest, und es hörte sich leicht nach einem Vorwurf an.

„Oh, tatsächlich? Ich hab´ überhaupt nicht auf die Zeit geachtet. Gab´s Probleme bei Ihnen?"

„Mein Abfluss ist verstopft. Der von der Dusche", antwortete sie mit jenem besonderen Unterton, der nur eine Möglichkeit offen ließ.

Uhl nickte vor sich hin. Ihm war bekannt, dass der technische Service im Haus oft nicht erreichbar war.

„Ich komme gleich rüber zu Ihnen und guck mir die Sache an, Frau Krässig."

„Aber erst, nachdem du geduscht hast. Sonst stinkt bei mir die ganze Bude nach Rauch."

Er zog in kniender Haltung einen Pfropfen aus Haaren und allen denkbaren und undenkbaren anderen Beimischungen aus dem Abfluss. Frau Krässig saß unterdessen im Rollstuhl hinter ihm, schaute zu und plauderte über alles, was man beiläufig als Randwissen bezeichnete. Plötzlich sagte sie:

„Weißt du, Uhl, wenn ich nicht an den Rollstuhl gefesselt wäre – dann würde ich dich haben wollen. Als Mann, verstehst du?"

Uhl wurde es heiß. Er merkte am veränderten Timbre ihrer Stimme, dass es ihr ernst sein musste. Er hielt inne, drehte sich um und lehnte sich sitzend an die Duschwand. Obwohl ihr Gesicht ihm direkt zugewandt war, hatte er das Gefühl, dass sie an ihm vorbeischaute.

Wenn du jetzt nicht ehrlich bist, Uhl, wirst du nie wieder ehrlich sein, dachte er und sagte:

„Sie sind eine sehr schöne Frau, Frau Krässig. Das ist die Wahrheit, auch wenn Sie sie nicht hören wollen. Und ich fühle mich sehr geehrt, dass Sie mich für würdig genug erachten, Ihr Ritter sein zu können."

Die Worte standen einige Augenblicke für sich im Raum. Als ihre Augen zu flackern anfingen, senkte Uhl seinen Blick. Auf einmal riss sie abrupt am Rad des Rollstuhls und dreht ihm den Rücken zu.

„Du stinkst immer noch, Uhl", sagte sie bebend. „Ich glaube, es sind deine Haare. Es ... es ist besser, wenn du jetzt gehst."

Uhl verstand. Mit dem Abfluss war er, bis auf den Stöpsel, ohnehin fertig. „Gute Nacht, Frau Krässig", sagte er und verließ ihre Wohnung. Bevor er seine eigene Tür aufschloss, drang ihr Schrei an seine Ohren.

Er fand keinen erquickenden Schlaf in dieser Nacht. Vielmehr wälzte er sich, den Kopf voller verwirrender Gedanken, von einer Seite auf die andere. Handelten sie zuerst von Feuer und Flammen, und wie er jedes Mal den Kampf gegen sie verlor, wichen sie bald Bildern einer

Frau, die äußerlich völlig unversehrt aus der Feuersbrunst auftauchte, ihn eindringlich ansah und ihn mit Blicken in ihren Bann zog. Elin. Es musste Elin sein, denn wie sonst konnte er davon träumen, wie er seine Augen auf ihre Brust richtete und er, Willis feixende Stimme im Hintergrund, nach ihren *Pilzen* suchte.

Er konnte es nicht leugnen. Da war etwas an ihr, das eine verborgene Seite in ihm ansprach. Elin war eine schöne Frau. Vielleicht mittelgroß, wenn er eins fünfundsechzig als mittelgroß einstufte, und schlank. Sie kleidete sich in einer Art Folklore-Stil, um nicht den Begriff hippiemäßig zu strapazieren. Die dunkelbraunen Locken fielen offen auf ihre Schultern. Das Gesicht war schmal und ungeschminkt, die Nase klein, die Augen grün und die Brauen allem Anschein noch nie gezupft. Ihre Stimme war freundlich und der Umgangston herzlich. Und unter ihrer Bluse wölbten sich tatsächlich *Pilze*.

Aber da war noch etwas anderes, das er spürte und ihn bewegte. Sie verströmte eine Art natürlicher Autorität, einer Aura gleich, die sie unantastbar erscheinen ließ. Nicht bewusst vorgetragen, sicher nicht, und von ihr aus auch nicht als distanzhaltender Wesenszug gewollt. Doch Uhl hatte es mit feinen Sinnen aufgenommen und registriert und hatte es ihr überlassen, von sich und ihrer Mutter und ihrem Leben zu erzählen – oder nicht. Außer einigen Andeutungen hatte sie sich jedoch nicht geäußert, doch genug, um eventuell bei späteren Gesprächen darauf aufzubauen.

Auf der anderen Seite quälte ihn die Frage und gipfelte in der Erkenntnis, wie er überhaupt auf die absurde

Vorstellung kam, dass sie „*antastbar*" sein könnte, respektive sein wollte.

Was bist du nur für ein Idiot, Uhl, schimpfte er erst, um sich hinterher für seine niederen Instinkte in Grund und Boden zu schämen.

Er hatte sie behutsam auf dringende Maßnahmen zur Erhaltung des Hauses vorbereitet. Zuerst die Entfeuchtung der wassergeschädigten Räume, und dann die Erneuerung des Daches. Des kompletten Daches, wie er vorgeschlagen hatte.

„Meinst du, dass das notwendig ist?", hatte sie besorgt gefragt. „Kann man nicht bloß das Loch flicken?"

„Im Prinzip schon", hatte er geantwortet. „Aber … nein, komm´ mit."

Er war mit ihr das Haus durchgegangen. Vom Wohnzimmer, das bis auf die Küche und das Bad den ganzen unteren Raum einnahm; die Treppe hinauf in den ersten Stock, wo es je zwei Zimmer unter den Dachschrägen gab; bis unter den Dachgiebel selbst.

„Ihr beheizt das komplette Haus mit dem wunderschönen Kachelofen von der Küche aus. Durch die Klappen an der Decke im Wohnzimmer und der Küche zieht die Wärme nach oben in die dortigen Räume. Super Sache. Aber danach geht euch die ganze schöne warme Luft über das Dach verloren. Ich würde das Dach isolieren. Mit feuerfestem Dämm-Material. Das *ganze* Dach."

Sie waren wieder nach unten gegangen. „Ich muss überlegen", hatte sie gesagt. „Aber es ist Zeit, die Tiere in den Stall zu holen und zu füttern. Willst du hier warten oder kommst du mit raus oder musst du nach Hause?"

An einem Balken des Stalls baumelte eine Glocke, die Elin ein paarmal kräftig schlug. Nach einer Weile kamen vom Waldrand her Ziegen angetrottet, und aus der näheren Umgebung des Hauses eine Schar Hühner. Elin wies Uhl auf ein stattliches Huhn hin. „Das ist *Edeltraud*. Die Freundin meiner Mutter. Sie ist schuld an dem ganzen Schlamassel."

Sie warf Hühnerfutter in den Stall, trieb die Ziegen in einen Pferch, gab ihnen Futter und melkte sie mit flinken und geschickten Händen, während sie fraßen.

„Was machst du mit der Milch?"

„Wir sammeln sie, bis wir genug haben, um Käse herzustellen." Sie nahm den Milcheimer, ging an die Stirnseite des Stalls und eine Steintreppe hinunter. Unten öffnete sie eine Tür. „Der Keller hier unten ist unser Kühlschrank, wo wir alles aufbewahren, was frisch bleiben muss."

Nachdem sie die Hände gewaschen hatte und sie wieder im Wohnzimmer saßen, kam sie auf das Problem Dach zu sprechen: „Uhl, ich sehe das mit dem Dach ein. Aber wie stellst du dir das vor? Das können Mutter und ich unmöglich bezahlen. Ihre Rente ist minimal, und von meiner Pension werden wir gerade so leben können. Das, was wir an Käse und Pilzen verkaufen, ist nicht mehr als ein Zubrot. Und leider sind meine Ersparnisse nicht sehr hoch."

Draußen war ein Auto vorgefahren. Der Mann, der die Feuerwache übernahm, war gekommen.

„Wir reden noch darüber", hatte Uhl gesagt und war aufgestanden. „Aber getan werden muss es. Eher früher als später. Mir fällt eventuell etwas ein."

Erneut hatte sie ihn mit diesem eindringlichen Blick bedacht. „ Bevor ich´s vergesse. Du sollst meine Mutter im Krankenhaus besuchen. Sie will dir danken. Wenn du kannst, so tu´ ihr den Gefallen, bitte. Gibst du mir deine Telefonnummer?"

Was die andere Hälfte der Nacht betraf, drehten sich Uhls Gedanken um seine Zimmernachbarin. Denn noch nie hatte eine Frau ihm gestanden, dass sie ihn als Mann haben wollte. Er musste zugeben, dass ihm ihre Behinderung im Grunde nie so richtig bewusst geworden war, was daran liegen mochte, dass er sie von Beginn an nie anders erlebt hatte. Er hatte sie so wahrgenommen, wie ihre Situation war und wie sie sich ihm gegenüber gab. Er hatte nie das Empfinden gehabt, sie sei irgendwie behindert
 Ob sie mit ihrem Schicksal haderte, oder ob, wann und wie sie mit ihrer Verzweiflung umging, wusste er nicht, und sie tat auch alles dafür, damit er davon nichts mitbekam. Sie redete mit ihm burschikos, manchmal auch schnoddrig, doch immer mit einem Augenzwinkern versehen. Welche Überwindung es sie kosten mochte, ihn zu bitten, ihr von der Toilette zu helfen – darüber hatte er sich noch keine Gedanken gemacht.
 Wäre sie gesund, hatte er gedacht, *würde sie mich vermutlich nicht bei heruntergelassener Hose in ihre Toilette rufen. Und vielleicht fällt ihr das auch heute noch schwer, eigene Befindlichkeiten über Bord zu schmeißen.*
 Wie er gesagt hatte, war sie eine außergewöhnlich schöne Frau, und ihre Krankheit bedeutete automatisch

nicht, dass sie über kein Schamgefühl verfügte oder dass sie sich einem Fremden gegenüber nicht genierte. Im Rollstuhl zu sitzen hieß ja nicht, dass man darin seine weiblichen Attribute verlor, was unter anderem die reine Anatomie, als auch die Sexualität und die sensible Intimsphäre betraf.

Doch mit ihrem Geständnis vom Abend hatte sie nicht nur einen großen Schritt gewagt, der ihr Verhältnis in ein neues Licht stellte. Ihr Schrei, den er gestern noch gehört hatte, war ihm durch Mark und Bein gegangen. Sie hatte ihm auch zu verstehen gegeben, wie groß ihr Grundvertrauen in ihn sein musste, da sie ihm solche Nähe gestattete und sich ihm dermaßen offenbarte.

Uhl war nur ein Handwerker. Ein Zimmermann. Er war nicht sehr belesen. Doch er hatte sich immer bemüht, rechtschaffen zu sein. Es mochte sein, dass er nun, in relativ späten Mannesjahren und lange nach dem Tod seiner Frau, wieder für Impulse des anderen Geschlechts empfänglich war. Möglicherweise lag darin auch der Grund, weshalb er sich hinterfragte: *Hab´ ich ihr die falsche Antwort gegeben? Hat sie etwas anderes von mir erhofft?*

Er dachte daran, dass sie ihn vom ersten Moment ihrer Bekanntschaft an stets geduzt hatte, wogegen er immer beim **Sie** geblieben war; sozusagen als Ausdruck seiner Achtung und seines Respekts. Sie hatte ihm aber auch nie das **Du** angeboten, wozu wahrlich genug Gelegenheit bestanden hätte.

*Ich werde mit ihr reden. Über das **Du** und über alles. Morgen. Gleich morgen*, beschloss Uhl, bevor er endlich in tiefen Schlaf fiel.

Mittwoch, September 2007
Er erschrak und stieß einen Schrei aus, als er erwachte. Eine Hand hatte ihn an der Schulter berührt. Bis er realisierte, dass es die Frau vom *Roten Kreuz* war, wusste er nicht, wo er sich befand.

„Das Schild *Bitte nicht stören* hing nicht an der Tür, Uhl. Darum habe ich nachgeschaut, ob Sie … na, Sie wissen schon. Entschuldigung, dass ich Sie geweckt habe."

Er brummelte etwas.

„Hier", sagte die Frau, „das hat vor der Tür gelegen." Sie streckte ihm einen Umschlag hin.

Er nahm ihn wortlos entgegen.

„Alles gut bei Ihnen? Dann geh´ ich jetzt wieder."

Der Umschlag war nicht zugeklebt. Weder Adresse noch Absender noch eine Briefmarke drauf. Uhl öffnete ihn und zog ein handbeschriebenes Blatt Papier hervor. Er las:

Liebster Uhl,

Ich begebe mich für einige Tage in eine Fachklinik, wo sie mich wahrscheinlich gründlich untersuchen, neu medikamentieren - und enttäuschen werden.

Ich sage Dir nicht, wo das ist. Sonst fühlst Du Dich am Ende noch verpflichtet, mich zu besuchen, und das will ich nicht.

Sei mir bitte nicht böse, dass ich Dich mit meinen Gefühlen in Verlegenheit gebracht habe. Doch sie sind nun mal da, und ich bin es leid, sie ständig unterdrücken zu müssen.

Wenn ich wieder zu Hause bin, melde ich mich bei Dir.

Du bist ein feiner Mensch, Uhl.
Bis bald,
Deine Paula

Uhl las den Brief ein zweites und ein drittes Mal, bevor er ihn sorgsam zusammenfaltete und zurück in den Umschlag steckte.

Er ging auf den Balkon hinaus. Der Himmel war bedeckt, und ein Windstoß wehte eine Menge Blätter von den Bäumen jenseits des Baches. Aus einem irrationalen Antrieb heraus beugte er sich weit über das Geländer und schaute auf den benachbarten Balkon. *Idiot*, schalt er sich, *wenn sie nicht da ist, ist sie nicht da.*

Misslaunig bereitete er das Frühstück vor, doch als es vor ihm stand, wollte es ihm nicht schmecken. So schlürfte er bloß vom Kaffee, und aus einem längst vergessen geglaubten Gefühl heraus kam er sich auf einmal sehr einsam vor.

… ich begebe mich für einige Tage …

Dabei hatte er sie heute um Rat fragen wollen. *Hättest du nicht noch einen Tag warten können?*, dachte er ohne zu bemerken, dass er in die Du-Anrede wechselte.

Um Rat, ob er Elin bei der Finanzierung eines neuen Daches unterstützen solle.

Und? Was mach´ ich jetzt?

Elins Anruf erreichte ihn, als er schon auf dem Weg zum Motorroller war. „Ich bin soeben auf dem Weg zu dir, wenn's recht ist", antwortete er auf ihre Frage, was er vorhabe.

„Ja, gerne. Ich muss dich um deine Hilfe bitten."

„Hast du schon gefrühstückt?", empfing sie ihn an der Haustür. „Ziegenkäse zum Beispiel. Oder Heidelbeermarmelade? Frisches Brot? Alles aus eigener Produktion."

„Nein, danke, ich … später vielleicht", antwortete er scheu.

Sie hatte den Kachelofen befeuert und im Wohnzimmer war es gemütlich warm.

„Du wolltest mich um etwas bitten?", fragte er befangen.

Sie musterte seine Miene. „Ja. Aber nur, wenn es für dich okay ist. Ich habe ein wenig ein schlechtes Gewissen, dass ich einfach so über dich und deine Zeit verfüge. Aber jemanden anderen kenne ich leider nicht. Ist das schlimm?"

Uhl schüttelte den Kopf.

„Also erstens will ich heute wieder zu meiner Mutter ins Krankenhaus. Da wäre es mir recht, wenn du hier ein bisschen aufpassen würdest.

Das Zweite ist: Heute Abend muss ich nach *Heilbronn* zurück. Morgen findet die Wohnungsübergabe und der Umzug meiner Sachen statt, inklusive die Abholung der Möbel durch die Caritas. Gegen Abend wäre ich wieder hier. Könntest du morgen früh den Ziegen- und Hühnerstall aufsperren, damit die Tiere auf die Wiese können?

Und tagsüber ein bisschen aufs Haus achtgeben? Sonst brauchst du nichts zu machen. Ginge das?"

Er hatte ihre Worte wohl verstanden, doch mit den Gedanken war er weit weg gewesen, was Elin nicht entgangen sein konnte. „Kein Problem", hörte er sich sagen.

Sie senkte den Kopf und schaute ihm von unten skeptisch ins Gesicht. „Uhl, ist alles in Ordnung mit dir? Du wirkst etwas ... abwesend?"

„Nein, nein, alles gut. Es ist nur ... ich denke bloß über das Dach nach", wich er aus.

„Das Dach, ja, entschuldige. Können wir drüber reden, wenn ich wieder zurück bin? Heute, meine ich?"

„Natürlich", lächelte er. „Schönen Gruß an deine Mutter. Ich werde sie demnächst besuchen."

Während Elin zu ihrer Mutter unterwegs war, nahm sich Uhl die Zeit, das Haus gründlich zu besichtigen.

Das Badezimmer, in dem sich auch die Toilette des Hauses befand, hatte er gestern schon kennengelernt. Eine freistehende emaillierte Badewanne war das Prunkstück. Warmes Wasser wurde durch einen altertümlichen elektrischen Boiler erzeugt. Heute fiel ihm in der Ecke des Badezimmers eine betagte Waschmaschine auf. So er sich richtig erinnerte, hatte er damit neben einem ebenso alten Elektroherd und einem Kofferradio das fünfte und letzte elektrische Gerät vor Augen, wenn er den zerstörten Dörr-Apparat aus dem ersten Stock dazurechnete. Stopp, nein. Er vergaß das Telefon. Also sechs *moderne* Geräte. Er fand im gesamten Haus keinen Fernseher, und sei er noch so alt. Von daher wunderte es ihn doch ein bisschen, dass es in jedem Zimmer elektrische Beleuchtung gab.

Wie alt das Haus war, konnte er nur vermuten. Einen Hinweis entdeckte er nicht. Möglicherweise war es um die Jahrhundertwende um neunzehnhundert errichtet worden.

Es stand auf einem Sockel aus Granit. Hatte man beim Stall nebenan an einen Keller gedacht, so hatte man beim Haupthaus darauf verzichtet. Vom Fundament bis zum Giebel waren Schicht für Schicht gehobelte Balken verwendet worden, jeder an die achtzehn Zentimeter dick. Ziemlich stabil, und bei der Stärke auch einigermaßen isolierend.

Die Grundfläche betrug acht Meter im Quadrat, die Höhe von der Türschwelle bis zur Giebelspitze etwa sechs Meter siebzig.

Keine der Wände war mit irgendeiner Versiegelung versehen. Weder Gips noch Tapete oder ähnliches. Die Decken, beziehungsweise die Fußböden waren mit doppelten, sich überlappenden Holzdielen verlegt. Für die Böden hatte man sich den einen oder anderen Teppich mit pseudopersischen Mustern geleistet. Warum man die Türen zu den Zimmern einst lackiert hatte, erschloss sich Uhl nicht.

Die beiden Schlafzimmer links der Treppe glichen eher Kammern, in denen gerade ein normales Bett mit Nachttisch, ein Kleiderschrank, ein sogenannter Waschtisch und eine Kommode Platz fanden. Nach den Möbeln allerdings, schätzte Uhl, würde sich manch ein Antiquitätenhändler die Finger lecken.

Die Haupttreppe, die in gerader Linie vom Hauseingang nach oben führte, war ein handgefertigtes Schmuckstück mit wundervoll geschnitzten Geländern. Allein ihretwegen, schmunzelte Uhl, würde er das Haus auf alle Fälle erhalten wollen.

Die Zeit verflog rascher als er gedacht hatte, denn nach ungefähr drei Stunden war ihm noch immer nicht langweilig, und Elin kam bereits von ihrer Mutter im Krankenhaus zurück.

„Wie geht es ihr?", fragte er ehrlich interessiert.

„Ach, ich glaube, der Aufenthalt im Krankenhaus tut ihr gut. Die Ruhe, keine Verpflichtungen und so. Ich hab´ ihr heute das Wurzelholz gebracht, nachdem sie verlangt hatte, und damit kommt sie schnell wieder auf die Beine. Ich habe Kuchen mitgebracht. Trinken wir noch einen Kaffee?" Sie ließ Wasser in ein Pfännchen laufen und stellte es auf den E-Herd.

„Ja gerne. Wurzelholz? Was muss ich darunter verstehen?"

Elin atmete tief ein und aus. „Dass Mutter von Teilen der Bevölkerung als Hexe angesehen wurde und noch immer wird, habe ich ja schon mal erwähnt. Aber Mutter hält auch Verbindung zu einer Fee. Einer guten Fee, um es genau zu sagen."

Uhls Augenbrauen hoben sich leicht an.

Elin fuhr unbeirrt fort: „In unserem Wald steht ein Feen-Baum, wo man die Fee unter bestimmten Voraussetzungen antreffen kann. Von diesem Baum darf Mutter, mit besonderer Erlaubnis der Fee, Teile entnehmen. Die Teile darf sie nur zu Heilungszwecken verwenden.

Es gibt da gewisse Geschichten, die in der Gegend kursieren.

Mutter nimmt zum Beispiel kleine Rindenstücke des Baumes, trocknet und mahlt sie zu Pulver. Dieses Pulver hat heilende Wirkung. Sie hat damit schon kranke Menschen geheilt, aber auch kranke Tiere, wie Kühe. Sie streut ein bisschen von dem Pulver in den Tee oder mischt davon ins Futter der Tiere. Diejenigen, die an die Kraft der Fee glauben, schwören auf die Heilkräfte des Feen-Baums. Für die anderen ist sie eben die Hexe, verstehst du?

Uns gehört nur die eine Hälfte des Waldes, die andere einem Bauern. Einmal kam der Bauer zu meiner Mutter, ich war damals noch ein Kind, und sagte, dass er seine Hälfte des Waldes roden lassen werde. Mutter bat ihn, es nicht zu tun. Er sei Heimat so vieler Tiere. Der Bauer lachte und meinte, dass die Tiere ihn nichts angingen. Er würde den Wald abholzen.

Mutter hatte darauf geantwortet: *Dann tu´, Bauer, was du tun musst. Aber es wird dir kein Glück bringen.*

Der Bauer war lachend davongegangen.

Als er aber daranging, den ersten Baum zu fällen, zerbrach beim ersten Hieb der Stiel seiner besten Axt. Und als er als nächstes die Säge ansetzte, blieb sie im Holz stecken, und selbst das Gespann von zwei Ochsen hat die Säge nicht wieder aus dem Holz gezogen bekommen. Das ist wahr, Uhl. Die Säge steckt heute noch dort. Ich kann dir die Stelle zeigen. Jedenfalls verbreitet der Bauer seitdem, dass Mutter ihn mit einem bösen Bann beschlagen hätte. Verflucht, wenn du verstehst. Das war nach dem Krieg.

Damals zogen tausende von Männern durchs Land. Heimatlose, Entwurzelte ohne Bleibe. Bald machte im Dorf das Gerücht die Runde, Mutter hätte es mit Landstreichern getrieben, was natürlich nicht stimmte, doch weil sie allein und abgeschieden wohnte, traute man ihr alles zu, zumal sie ja schon ein uneheliches Kind hatte. Und ich sei das Produkt einer solchen Verbindung gewesen. Aber ich bin dreiundsechzig Jahre alt, Uhl, neunzehnhundertvierundvierzig geboren. Ein Kriegskind. Während des Krieges existierten keine sogenannten Landstreicher. Alle Männer befanden sich entweder an der Front oder im Arbeitseinsatz."

„Kennst du deinen Vater?", fragte Uhl.

Elin schüttelte den Kopf. „Ein junger Mann aus dem Dorf. Als Soldat in Russland gefallen. Mehr hat Mutter mir nie gesagt, schon allein deswegen nicht, um keinen Verdacht aufkommen zu lassen, sie könnte es auf dessen Besitz abgesehen haben. Ich glaube, sie besitzt noch Briefe von ihm, doch sie zeigt sie mir nicht.

Als Kind war ich in der Schule natürlich den Hänseleien ausgesetzt, wie du dir denken kannst. Elin, das Hexenkind. Ich hatte immer gute Noten. Aber man unterstellte mir, dass ich die Leistungen nicht selber erbracht, sondern gehext hatte. Ich fing dann an, absichtlich schlechte Noten zu produzieren. Kinder können so grausam sein. Darum bin ich wahrscheinlich Lehrerin geworden, um etwas bewirken zu können. Toleranz und so. Doch das ist nun vorbei."

Uhl hatte aufmerksam zugehört. „Und das Wurzelholz?"

„Ach ja, das Wurzelholz, der Name sagt es, stammt von der Wurzel des Feen-Baumes. Im Wurzelstück, man kann es sich fast denken, steckt die größte Heilkraft. Es genügt, wenn man es zum Beispiel in der Hosentasche trägt oder unter das Kopfkissen legt. Ein Mensch bekommt es nur einmal im Leben. Darum ist es sehr wertvoll."

Uhl nickte. Ihm kamen Elins Erzählungen keineswegs absurd oder abgehoben vor. Er wusste als Mann, der sein Leben lang mit der Materie Holz gearbeitet hatte, dass es ein Material war, mit dem man ehrfürchtig und respektvoll umgehen musste, wollte man seine Vorzüge am besten nutzen. Denn Holz war nicht gleich Holz. Entweder man arbeitete mit ihm, oder dagegen. Wer den Unterschied nicht verstehen lernte, wurde in dem Beruf nicht froh.

„Und du, Elin? Hast du die Fee schon gesehen?"

„Gesehen nicht, aber gehört", antwortete sie und berichtete ihm von dem wundersamen Telefonat, das sie angeblich mit Mutter geführt hatte. „Dabei lag Mutter verletzt **vor** dem Haus, und das Telefon befand sich **im** Haus. Es kann niemand anderer als die Fee gewesen sein."

„Das ist in der Tat rätselhaft", kommentierte er.

„Wenn Mutter wieder gesund ist, wird sie mit mir die Inauguration zelebrieren. Am Feen-Baum. Ich bin die Tochter meiner Mutter und werde ihr spirituelles Erbe antreten. Das ist meine Bestimmung, Uhl."

Dann ist das wohl so, dachte er und wartete auf das knirschende Geräusch, das den Bruch seines Herzens ankündigen würde. Doch da kam nichts, wenn er das säuselnde Wehen, das die stattdessen einziehende Erleichterung verursachte, als Nichts bezeichnen mochte.

Sie hatten dann noch eine Weile miteinander gesprochen. Uhls angedeutetes Angebot, Elin bei der Finanzierung des Daches zu helfen, lehnte sie vehement und beinahe schroff ab.
„Eher wird ein Lahmer wieder gehen können, als dass ich dein Geld nehme, Uhl. Du meinst es gut, das weiß ich. Ohne dich hätten wir überhaupt gar kein Haus mehr, und du hast gesehen, dass bei uns keine Reichtümer zu holen sind. Wenn ich dich immer anrufen kann, falls Not am Mann ist, dann ist uns mehr als geholfen. Wenn du mich bei diversen Arbeiten unterstützt, und wenn du es gerne tust, dann ist es mehr als genug. Was den Dachschaden angeht, so hoffe ich, dass ich ihn über meine Haftpflichtversicherung ersetzt bekomme. Können wir so verbleiben?"
„Okay", hatte er zugestimmt. „Dann also bis morgen Abend. Viel Glück mit dem Umzug, Elin."

Wenn Uhl gehofft hatte, auf sein Klopfen an Frau Krässigs Tür würde ein „Herein" erschallen, ganz egal ob fröhlich oder genervt, so wurde er enttäuscht. Es überkam ihn sogar das Gefühl, unter ihrer Tür kröche Eiseskälte hervor, etwa von der gleichen Art, wie sie in Tiefkühltruhen waberte.
Schlagartig überfiel ihn ein Gefühl von Einsamkeit, wie er es seit dem Tod seiner *Cilly* nicht mehr verspürt hatte. Mit hängendem Kopf steckte er den Schlüssel in seine Wohnungstür.

„Hey, Uhl", hörte er hinter sich Hubert, der aus seinem Verschlag lugte, „Lust auf ein Bier?"

Eigentlich nicht, dachte er, weil er ahnte, was ihn erwartete, *aber vielleicht besser als Trübsal blasen.*

Wortlos drehte er um und schlurfte über den Flur in Huberts Zimmer.

„Mann, du machst ein Gesicht, als hättest du im Lotto gewonnen und den Schein nicht abgegeben", ätzte Hubert, der durch den Zigarettenqualm pflügte wie ein Ozeandampfer durch das Meer. Uhl brannten sofort die Augen.

„Mach´ doch mal ein Fenster auf", sagte er. „Man erstickt ja hier."

Auf Huberts Großbild-Fernseher lief eine Hitparade volkstümlicher Musik in irgendeinem der dritten Programme. *Wenigstens ist er authentisch und gibt nicht vor, jemand anderer zu sein*, dachte Uhl.

Hubert hielt ihm eine Flasche hin und wies ihm einen Sessel zu. „Du bist häufig unterwegs in letzter Zeit. Arbeitest du wieder?"

„Privat", antwortete Uhl knapp. „Altes Haus entkernen. Prost."

„Nichts für meine alten Tage", beschied Hubert. „Hast du das nötig? Ich meine finanziell?" Er rieb Daumen und Zeigefinger gegeneinander, die internationale Geste für Zaster.

Uhl ignorierte die Frage. „Wie alt bist du?"

„Vierundsiebzig. Nein, sag´, brauchst du Geld?" Huberts Augen funkelten wie die eines Jägers vor dem Schuss.

Ich muss hier raus, dachte Uhl, *bevor ich mir einen Feind zulege.* Er trank die Flasche in einem Zug leer und stellte sie auf den Tisch. „Danke für das Bier, Hubert. Mir fällt gerade ein, dass ich noch was zu erledigen habe. Tolle Musik übrigens. In diesem Sinne: Holareidulijö!"

Hubert grinste blöd. „Also doch Geldsorgen", sagte er überzeugt. „Wie ich´s mir gedacht hab´. Man sieht sich."

Donnerstag, September 2007
Wahrscheinlich hatte es an dem Bier gelegen, dass er unerwartet gut geschlafen hatte. Noch vor acht Uhr morgens war er unterwegs nach *Sanderhofen*.

Im Gjätt angekommen, öffnete er sogleich den Stall und ließ die Ziegen ins Freie. Die Hühner folgten ihnen vornehmen Schrittes. Er erschrak, als von einem Stapel Jutesäcke zwei Katzen sprangen und um den Stall herum im Gehölz des Waldrandes untertauchten.

Wie Elin gebeten hatte, blieb er den Tag über hier. Er überlegte, ob Elins Frage, das Dach nur an der Schadstelle auszubessern, Sinn machte, wenn man dafür auf die Möglichkeit einer Komplett-Isolierung verzichtete.

Er begutachtete einen der Ziegel, die durch das Feuer heruntergefallen waren. Er schätzte sie so alt wie das Haus selbst, sah aber, dass die Form mit geringen Abwandlungen heute noch produziert wurde. Von daher stünde der Durchführbarkeit nichts im Wege. Außerdem lebten die Frauen seit Jahrzehnten auch ohne Wärmedämmung scheinbar recht zufrieden in dem Haus.

An der Wand hinter dem Stall entdeckte er eine Leiter und stellte sie kurzerhand an die Dachrinne, nur um zu überprüfen, ob die Hohlräume zwischen den Dachsparren von unten verschlossen werden konnten. Durch ein passendes Brett oder ein entsprechendes Gitter. Das, so stellte er mit einiger Genugtuung fest, wäre problemlos machbar, wodurch sich ihm zwei Möglichkeiten eröffneten, auch ohne komplette Dachsanierung das Haus zu isolieren. Nämlich entweder durch Einblasen von feuerhemmendem Granulat, oder durch Einschieben von vorgefertigten Dämmstoffplatten aus präparierter Wolle.

Er brummte zufrieden. *Aber mehr als vorschlagen kann ich es ihr nicht. Entscheiden muss sie das selber.*

Bis zu Elins Rückkehr vertrödelte er die Zeit mit Lesen. Als die Buchstaben vor seinen Augen verschwammen, klappte er das Buch zu und versuchte, die Zeit ihres Eintreffens zu schätzen. Entfernung, Verkehrsaufkommen, Wetterlage, Menge des Umzugsgutes – er ging nach seiner probaten Methode vor, ohne sich allerdings auf den Handel mit den Liegestützen einzulassen. Am Ende lag er gar nicht so schlecht. Hatte er auf fünfzehn Uhr getippt, kam sie nur eine Viertelstunde später, einen Lieferwagen im Gefolge.

Sie sah müde aus, wie er an ihrer Miene und der Körperhaltung erkannte, doch machte sie sich ohne Umschweife an die Entladung des Lieferwagens. Man brauchte Uhl nicht zu bitten, die Kartons ins Haus zu tragen, wo sie vorerst im Wohnzimmer gestapelt wurden. Nur das Bett schleppten sie gleich nach oben und bauten es gemeinsam zusammen.

„Alles andere kann ich später einräumen", meinte Elin erschöpft. „Welch ein Tag. Ein Lebensabschnitt geht zu Ende, ein neuer beginnt."

„Freust du dich drauf?", fragte er.

„Ja, sehr. Es klingt zwar kitschig, aber für mich schließt sich ein Kreis."

„Das ist schön. Ich habe mir übrigens nochmal Gedanken gemacht, wie man das Dach doch nur dort repariert, wo es gebrannt hat, und trotzdem eine Isolierung einziehen kann. Vielleicht kannst du sogar Fördermittel beantragen. Es gibt da spezielle Förderprogramme."

„Uhl, das ist zwar furchtbar nett von dir, aber heute habe ich dafür wirklich keinen Kopf mehr. Lass´ uns das morgen besprechen, ja? Es ist noch nicht zu spät, um meiner Mutter einen Besuch abzustatten und danach, wenn die Tiere versorgt sind, will ich nur noch todmüde ins Bett fallen."

„Wie du willst, Elin. Dann also bis morgen. Gute Nacht."

Aus einer Eingebung heraus, einer vagen Idee entsprungen, hielt er auf der Rückfahrt nach *Durlangen* in *Kirchenrottach* bei der Firma *Zweirad-Huber* an und erstand einen Motorradhelm mit Klappvisier. Eine Nummer kleiner als der eigene. Eine Idee, von der er nicht die leiseste Ahnung hatte, ob sie je umgesetzt werden würde. Aber wenn, dann sollte sie an einem fehlenden Helm nicht scheitern.

Auf Zehenspitzen schlich er durch den Flur, um nicht wieder von Hubert abgefangen und in seine Räucherkammer genötigt werden zu können. Dass er zu Hause war, hörte er am rhythmischen Klatschen eines begeisterten Publikums zu Huberts bevorzugter Jodelmusik. Endlich die Tür hinter sich geschlossen, setzte Uhl auf die Brabbelstimme eines gewissen *„Mr. Lucky"*, verkörpert von *John Lee Hooker*.

Freitag, September 2007
„Du siehst irgendwie traurig aus, Uhl", lautete Elins Diagnose bei ihrem ersten Augenkontakt. Da er nicht gleich darauf ansprang, forschte sie nach einer möglichen Ursache. „Hat es vielleicht etwas mit mir zu tun? Weil ich deinen Redeansatz gestern so brüsk abgeschmettert habe? Wenn ja, dann tut es mir von Herzen leid."

Uhl wand sich wie ein Wurm.

„Oder nutze ich dich zu sehr aus? Ist es das? Oder bist du etwa enttäuscht von mir, weil du … weil ich …"

„Nein", seufzte Uhl, „das ist es nicht. Ich … ich kann nicht … darüber sprechen."

Elin griff an seinen Oberarm. „Hey, Uhl", sagte sie eindringlich, „ich bin's. Elin. Die Frau, der du, man kann sagen, das Leben gerettet hast. Mit mir kannst und darfst du über alles reden, hörst du? Über alles."

Uhl wich ihrem Blick aus und scharrte, wie es seine Art war, mit den Füßen. „Es … es … geht nicht. Können wir bitte das Thema wechseln?"

Elin fing seinen Blick wieder ein und blätterte in seinen Gedanken. „Ach, Uhl", sagte sie dann leise. „Mein lieber guter Uhl. Alles wird gut werden."

In der Folge lauschte sie aufmerksam seinen Vorschlägen. „Das kommt mir sehr viel sympathischer vor, als das ganze Dach abzureißen", sagte sie. „Und du meinst, das funktioniert?"

„Ja, doch", sagte er. „Die Dachsparren sind von beiden Seiten, also oben und unten, verschalt. In den Hohlraum dazwischen kann man die Isolierung einbauen, ohne dass das Dach abgedeckt werden muss. Und wie ich sagte: Erkundige dich nach den Förderprogrammen. Hast du hier Internetzugang?"

„Noch nicht. Und welche Firma macht sowas?"

„Internetzugang?"

„Quatschkopf. Das Dach."

„Na, *Holzbau Hämmerle* zum Beispiel?" Er betonte den Vorschlag wie eine Frage.

„Aha, mit Willi, dem schlüpfrigen Maulhelden?"

„Wenn du willst, nehme ich ihn mir zur Brust, damit er das bleiben lässt. Als Handwerker ist er gut."

Sie lächelte. „Normalerweise ficht mich so ein Geschwätz nicht an. Aber wenn du ihm zeigst, wo Bartl den Most holt, hab´ ich nichts dagegen."

„Ja, der schweigsame Bartl ist auch mit von der Truppe."

Sie bereiteten mittags eine einfache Mahlzeit zu. Pellkartoffeln mit Ziegenkäse, und Uhl, der eigentlich kein Fan von Ziegenkäse war, ließ sich eines Besseren belehren. „Eigene Produktion? Sehr gut, in der Tat", lautete sein ehrlicher Kommentar.

Elin überließ es ihm, die Firma *Holzbau Hämmerle* anzurufen. Alois, der Inhaber, kündigte sein Kommen noch für die gleiche Stunde an.

„Habt ihr keine Aufträge?", fragte Uhl seinen ehemaligen Chef.

„Doch, doch. Aber du kennst das ja: Wer in unserem Gewerbe schläft, der …"

„ …hat seinen letzten Balken bald gelegt", ergänzte Uhl. „Gut, dann warten wir auf dich."

Alois kam mit Willi im Gefolge. Willi, der beinahe schon penetrant nach Elin Ausschau hielt, erfuhr von Uhl eine prächtige Abfuhr. „Wenn du deine Gosch nicht hältst, ziehen wir den Auftrag zurück, damit dir das klar ist." Willi zog das Genick ein.

Nach einer guten halben Stunde Objektbeschau klatschte Alois in die Hände. „Sieht gut aus. Wenn das Wetter so bleibt, können wir am Montag schon anfangen. Müssen halt zuerst die Lehmwickel entfernen, Uhl."

Uhl räusperte sich: „Nicht ich bin der Bauherr, sondern Frau Moser."

„Ach so! Ich dachte, ihr beide seid … äääh … Also gut, Frau Moser. Ich empfehle übrigens die Isolation mit Elementen aus feuerbeständiger Wolle. Einfach zu verarbeiten, geht schnell, schützt vor Insektenbefall und ist effektiv."

Uhl fuhr irgendwie erleichtert nach Hause. Nicht, dass die Arbeiten an Elins Haus so bald begonnen werden konnten. Schon auch, ja, aber mehr noch, dass er von sich aus darauf hingewiesen hatte, mit Elin nicht auf die

Weise verbandelt zu sein, wie es vielleicht den Anschein gehabt haben könnte.

Im Grunde deines Herzens bist du doch froh darüber, oder Uhl? Du stellst keine Erwartungen an sie und auch keine an dich, dachte er.

Frau Krässigs Zimmertür indes wirkte auf ihn noch immer deprimierend. *Wie die Tür eines Tresors, zu dem ich die Zahlenkombination nicht kenne.*

Er musste zugeben, dass sie ihm fehlte, und er zermarterte sich das Gehirn, wo sie sein könnte. Er *googelte* auf Verdacht nach Fachkliniken für neurologische Krankheiten, ohne Ahnung, ob Multiple Sklerose letztlich unter die Sparte Neurologie fiel. Doch die schiere Anzahl der angezeigten Vorschläge schreckte ihn. Er klappte den Computer rasch wieder zu.

Der Uhr nach müsste das Büro vom Roten Kreuz noch besetzt sein, dachte er und begab sich übers Treppenhaus in die Katakomben des Hauses, wo er freundlich empfangen wurde.

„Uhl, was kann ich für Sie tun?", fragte die Frau, die ihn kürzlich erst geweckt hatte.

War das gestern? Vorgestern? Egal. „Frau Krässig", sagte er. „Wissen Sie, wo sie ist?"

„Das weiß ich sehr wohl, Uhl", antwortete sie.

„Ja, gut, und … äääh … wo ist sie, wenn ich fragen darf?"

„Fragen dürfen Sie natürlich", blieb die Dame verbindlich.

„Aber?" Uhl wurde langsam ungemütlich.

„Ich darf es Ihnen nicht sagen. Tut mir leid, Uhl. So sind die Vorschriften."

Uhls Augen wanderten zu ihrem Hals. Vermutlich nahm er Maß, ob seine Hände groß genug wären, sie zu erwürgen. „Vorschriften!"

„Vorschriften. Leider." Sie produzierte ein mitfühlendes Gesicht.

Uhl atmete tief ein und aus. „Danke", sagte er.

„Aber bitte, gern geschehen", lächelte sie freundlich.

Auf dem Rückweg lief ihm Hubert in die Quere. „Jetzt nicht, verdammt", blaffte er ihn an und donnerte die Tür hinter sich zu. „Vorschriften!"

Beim Zähneputzen studierte er eingehend die Augen. *Wie traurig sehe ich aus, wenn ich traurig aussehe?*, überlegte er. *Wie kann man Traurigkeit in den Augen sehen, wenn sie doch im Herzen ist?*

Samstag, September 2007
Schon vom ersten Tageslicht an fühlte er sich nicht sonderlich inspiriert. Zum einen hatte er sich gewaltig in der Zeit verschätzt, weshalb ihm eine ganze Latte von Liegestützen blühte, zum anderen verspürte er keinen Appetit auf irgendwas. Und als er des strahlenden Himmels gewahr wurde, sackte seine Unternehmungslust ins Bodenlose. *Ich will heut' nicht rausmüssen*, protestierte sein Phlegma.

Er wartete ab, ob sich mit fortschreitender Zeit an der Einstellung ohne eigenes Zutun etwas änderte, doch da konnte er lange warten. Schließlich überwand er sich und rief Elin an, dass er heute nicht kommen würde.

„Eine Erkältung oder so. Schönes Wochenende, Elin. Gute was? Ach so, gute Besserung. Danke, kann´s gebrauchen."

Bingo, Uhl. Gleich den Sonntag noch dazu. So ein Scheiß.

Um nicht dauernd in der Wohnung auf und ab zu tigern, fläzte sich Uhl, total unmotiviert, in seinen Sessel. Doch das hielt er nicht lange durch. Er probierte, der Antriebslosigkeit zu entkommen, indem er die Fotos, die er von Elins Haus geschossen hatte, von seinem Handy auf den Computer importierte und kennzeichnete. Danach übertrug er die Messdaten, die er mittels des Lasergerätes ermittelt hatte, vom Notizblock ebenfalls in die Computerdateien. Die erhoffte Aufbruchstimmung blieb jedoch aus, von Euphorie ganz zu schweigen. Grundsätzlich fehlte es ihm an der erforderlichen Konzentration, weshalb er die Aktion abbrach.

Mit dem diffusen Bedürfnis, sich mitteilen zu wollen, nahm er Briefpapier und Kugelschreiber und setzte sich an den Schreibtisch. Ihm schwebte vor, Frau Krässig ein paar aufbauende Zeilen zu schreiben, so ungefähr wie: *Der Rollstuhl und Ihre Krankheit machen Sie als Mensch im Allgemeinen und als Frau im Besonderen nicht weniger wertvoll. Ich habe noch nie eine andere Person gesehen, die so willensstark und aufrecht auf ihren Füßen steht.*

Die Richtung mochte stimmen, doch fand er die Formulierung grausig.

Er schrieb: *Liebe Frau Krässig.*

Nein, falsch. Er zerriss das Blatt und nahm ein neues.

Er schrieb: *Liebste Paula.*

Ach Mist, das ist zu intim. Aber hat sie mich nicht auch mit Liebster Uhl angeredet?, dachte er und warf die Seite in den Papierkorb.

Uhl stützte den Kopf in die Hände. *Ich bin zu blöd, um mich angemessen auszudrücken.*

Zornig schob er die Briefbögen in die Schublade zurück, warf die Windjacke über, schnappte den Motorradhelm und stürmte fluchtartig aus der Wohnung.

Wie nicht ganz bei Sinnen, drehte er den Motor auf und raste aus der Stadt hinaus. Geradeaus auf der B 3, immer geradeaus nach Süden, mit allem, was der Motor hergab.

Es ging auf den Abend zu, Feierabendverkehr, Geschäftsschlussverkehr, er schwamm im Strom der Autos mit, bretterte mit überhöhter Geschwindigkeit durch die Ortschaften, tief über den Lenker gebeugt, wie ein Fünfzehnjähriger bei der ersten Fahrt auf dem frisierten Mofa. Wo er überholen konnte, überholte er, und ab und zu flog ihm ein inbrünstiger Schrei von den Lippen, den er selber nicht hörte, weil selbst der Schrei hinter ihm zurückblieb wie eine langgezogene Fahne.

Es wurde dunkel, dann Nacht, und endlich war der Zorn gekühlt, genauso wie seine Stirn und überhaupt alles gekühlt war, unterkühlt war – und er jämmerlich fror. In einem Ort hielt er an und stieg vom Roller. *Schliengen* zwischen *Freiburg* und *Basel*.

Zur Rückfahrt zu dunkel und zu spät. Er schaute sich um, entdeckte das *Zimmer-frei*-Schild einer Pension und buchte sich für eine Nacht ein. Des besseren Schlafes wegen mit einer Flasche Bier ausgestattet, betrat er das Zimmer und legte sich aufs Bett. Und als er endlich körperlich zur Ruhe kam und nachvollzog, was für eine bescheuerte Aktion er abgeliefert hatte, kapierte er, was ihn so sehr umtrieb. Er hatte Sehnsucht. Sehnsucht nach Paula.

Sonntag, September 2007
Der Weg zurück, die Strecke, konnte länger nicht sein. Er hatte vor zehn Uhr ausgebucht und zuckelte in normalem Tempo für vierundsechzigjährige Männer nach *Durlangen*.

Nach ungefähr zweieinhalb Stunden stellte er den Motorroller vor dem Haus *An der Bachschleife* ab und schlich erschöpft zu seiner Wohnung.

Im Flur im ersten Stock, das sah er gleich, war etwas anders. Ein Lichtschein fiel von der rechten Seite herein, ein schmaler heller Streifen, wo normalerweise Wohnung Nummer siebzehn ... Frau Krässigs Tür ...

Uhls Herz stolperte, und er blieb stehen. Die Helligkeit **kam** aus ihrer Wohnung. Das Herz begann wieder zu schlagen, nun allerdings hoch im Hals, und Uhl bewegte sich vorsichtig näher. *Lieber Gott, mach´, dass nichts passiert ist*, dachte er.

Er erreichte die Tür, er überblickte den langen Vorraum bei der Garderobe, trat einen Schritt hinein, Lippen und Mundhöhle staubtrocken. Das Fenster gegenüber blendete ihn. Links lag die Küche, rechts hinter der Wand der Schlaf- und Wohnraum., genau wie bei ihm, nur spiegelverkehrt.

Er beleckte die Lippen.

„Uhl? Bist du das?" Ihre Stimme tönte um die Ecke.

Eine heiße Welle der Dankbarkeit und Erleichterung durchfuhr ihn. „Paula, wo sind Sie?"

„Hier Uhl. Im Bett. Kannst ruhig reinkommen. Aber mach´ die Tür hinter dir zu."

Er folgte ihrer Stimme. Ja, da lag sie, vollkommen bekleidet auf ihrem Bett. Uhls Augen mutierten zu kleinen kristallklaren Bergseen.

„Ich hab´ auf dich gewartet und darum die Tür offen gelassen", sagte sie und streckte den gesunden Arm nach ihm aus. „Würdest du dich bitte zu mir aufs Bett legen?"

Uhl glaubte, sich verhört zu haben. „Wie? Ääääh …"

„Angezogen, natürlich", klärte sie ihn auf. „Das mit ohne Kleider machen wir später."

Uhl wurde rot wie die Feuerwehr.

Sie gluckste vor Vergnügen. „Mensch Uhl, du bist so leicht aus der Fassung zu bringen. Komm´ schon."

Er suchte einen Platz für seinen Helm, warf die Windjacke über eine Stuhllehne, und klemmte sich umständlich und steif neben sie. Erst allmählich entspannte er die Muskeln.

„Gut so", sagte sie. „Und nun halte mich ein bisschen fest. Ich erzähle dir, wie´s um mich steht."

Paula sprach von einem erneuten Schub ihrer Krankheit. Von Erhöhung der Pflegestufe. Von stärkeren Medikamenten, Stützstrümpfen und von noch strikterem Ernährungsplan. Uhl hörte ihr schweigend zu.

Mit den Worten: „Die Aussichten sind nicht rosig", schloss sie. Sie bettete ihren Kopf auf seinen Oberarm und barg das Gesicht an seiner Brust.

Nach einer Weile bemerkte er, dass sie weinte.

„Paula?", fragte er sanft.

„Ich habe Angst, Uhl, vor dem was kommt." Ihr Atem bebte.

„Das glaub´ ich dir", antwortete er leise. „Aber du brauchst keine Angst zu haben. Ich bin bei dir."

Sie nickte unmerklich. „Ja! Jetzt! Aber später?"

„So lange du willst."

Es verging fast eine Minute des Schweigens, die reichte, um ein dickes Fundament aus Beton zu gießen.

„Uhl? Bleibst du heute Nacht bei mir?"

Er streichelte ihre Wange. „Hoffentlich ist jetzt schon Nacht."

Sie stupfte ihn neckisch mit dem Finger in den Bauch. „Na, na, na! Nu´ werd´ mal nicht gleich verwegen, du. Wenn ich dir den kleinen Finger reiche, musst du nicht gleich die ganze Hand nehmen."

Er schmunzelte: „Ich hab´ halt gedacht, die Sache könnte einen Versuchsballon wert sein."

Wieder kam der Finger. „Sache?" Finger. „Wert?" Finger. „Versuchsballon? Pass´ nur auf, dass der Versuchsballon nicht platzt." Aber sie hielt ihn mit aller Kraft fest, die sie in ihrem Körper noch mobilisieren konnte. Denn Nacht, dachte sie, Nacht ist schließlich immer irgendwo auf der Welt.

Dann war sie, praktisch von einer Sekunde auf die andere, mit einem Lächeln an seiner Brust eingeschlafen.

Uhl nahm sich fest vor, ihren Schlaf zu bewachen. Doch noch während er ihr schönes entspanntes Gesicht bewunderte, fielen auch ihm die Augen zu.

Sie erwachten fast gleichzeitig. Die tiefstehende Sonne erfüllte die Wohnung mit warmem Licht. Bald würden graue Schatten den Abend verkünden. Sie bestaunten sich und die Situation, als würden sie sich zum ersten Mal begegnen.

„Uhl? Was machst du in meinem Bett?"

Er reagierte irritiert und hob den Kopf. Dann spürte er, wie ihre Bauchdecke vor unterdrücktem Vergnügen zitterte und sie die Lippen zusammenpresste, um nicht loszuprusten. Das Kichern noch im Hals, sagte sie: „Ich muss mal auf die Toilette, Uhl. Kannst du mich bitte hintragen?"

Sie kam ihm so leicht wie ein Feder vor. *Meine Güte, haben sie ihr nichts zu essen gegeben?* „Hast du heute schon mal etwas gegessen?", fragte er.

„Eine Scheibe Toastbrot heute früh", antwortete sie.

„Bisschen wenig", meinte er. „Ich hab´ noch Kartoffeln drüben, Eier und Salat. Ich könnte rasch für uns kochen."

„Du bist ein Schatz, weißt du das? In meinem Kühlschrank wohnt leider Familie Schmalhans."

Eine halbe Stunde später saßen sie am Tisch und verzehrten Bratkartoffeln mit Spiegelei und Salat.

„Ui, gut gewürzt", meinte sie, „aber schmeckt. Du bist engagiert."

„Meine Spezialität", antwortete er.

„Du bist ein Genie", sagte sie. „Hast du gut zu verstecken gewusst."

Während des Essens berichtete Uhl, was er die Woche über erlebt hatte: Wie er mehr oder weniger zufällig auf das brennende Haus gestoßen war; wie er die Bewohnerin aktiv unterstützt und ihr sogar seine finanzielle Hilfe angeboten hatte. „Elins Mutter hat den Ruf einer Hexe, und so wie Elin andeutete, will sie in Mutters Fußstapfen treten."

„Ist diese Elin eine schöne Frau? Hast du dich in sie verliebt?" Paula fragte ganz arglos.

Uhl lächelte: „Nein. Zu dieser Zeit hatte ich mein Augenmerk schon auf eine andere gerichtet. Allerdings ohne es zu wissen."

„Oh, da bin ich aber gespannt. Erzähl´."

„Ach Paula. Wie sehr du mir fehlst, habe ich erst bemerkt, als du plötzlich nicht mehr da warst."

„Du meinst, dass ich diese andere bin? Treib´ keine Scherze mit mir, Uhl. Ich bin nicht die Frau, für die sich ein Männerherz entflammen könnte."

Er legte das Besteck weg und griff nach ihrer Hand. „Doch, das bist du", sagte er.

Die Nacht brach herein, und Uhl wurde nervös. „Wann willst du schlafen gehen?", fragte er endlich gespielt beiläufig und wischte vom Pullover einen hartnäckigen Fussel, den es nie gegeben hatte.

Sie merkte ihm die Verlegenheit an. „Wenn du bereit bist", erwiderte sie. „Bist du´s?"

„Klar!", tönte er, „dann … dann … geh´ ich mal rüber und hol´ meinen Schlafanzug?"

Paula schloss die Augen. *Er ist so süß. Er sagt das tatsächlich mit Fragezeichen.* „Ja, Uhl, ist recht", sagte sie. „Ich warte so lange auf dich."

„Ich putz´ dann noch gleich die Zähne."

„Gute Idee, Uhl. Dann mach´ ich das auch noch."

Als er aus seiner Wohnung zurückkam, trug er bereits den Schlafanzug: Shorts und T-Shirt. Paula lag schon im Bett. „Etwas schmal für Zwei für eine ganze Nacht", schnaufte er.

„Ach, du bist schlank, ich bin schlank, das wird schon gehen." Sie schlug die Bettdecke zurück und lud ihn ein. Er sah, dass sie, bis auf die Stützstrümpfe, nackt war.

„Hilfst du mir, die Mistdinger auszuziehen?"

Uhl tat es mit zittrigen Händen.

„Danke, mein Lieber. Und jetzt zieh´ deine Fummel aus und schlupf´ zu mir", flüsterte sie.

„Aber Paula …"

„Keine Angst, Uhl", lächelte sie. „Ich bin nicht aus Pappe. Wir machen es entweder wie die Stachelschweine, oder wie die Igel – oder gar nicht. Ich denke, wir werden die Angelegenheit doch wohl noch sauber hinkriegen, was, Uhl? Wir zwei alten Schlachtrösser?"

Und Uhl dachte: *Ich glaub´ sie mag mich.*

Montag, September 2007

Uhl wachte auf, weil eine weibliche Stimme „Oh Gott" rief und sich vielmals entschuldigte. „Das ist mir so peinlich. Das wusste ich nicht. Entschuldigung. Das *Bitte-nicht-stören*-Schild hing nicht an der Tür. Entschuldigung." Die Dame vom *Roten Kreuz,* die Paula normalerweise die Stützstrümpfe anzog.

Neben Uhl antwortete eine andere weibliche Stimme. „Macht nix. Unser Fehler. Heute brauche ich Sie nicht, danke trotzdem, gell? Und Zimmer achtzehn brauchen Sie nicht nachzusehen. Er ist bei mir."
„Verstehe. Entschuldigung."

Beim Frühstück benahmen sie sich wie verliebte Teenager. „Ihre Augen hättest du sehen sollen. *Huch, wie peinlich, Entschuldigung, Entschuldigung.*"
„Ja, und du: *In Zimmer achtzehn brauchen Sie nicht nachzusehen. Er ist bei mir.*"
„Sie hat deinen nackten Hintern gesehen", meckerte sie.
„Ob Arsch, ob Pimmel, was juckt mich der Kümmel", reimte er übermütig.
Paula kriegte sich nicht mehr ein: „Du bist albern, Uhl. Du meinst, was sticht dich der Hafer, du verrückter Spinner."
Sie saßen in ihrer Küche am kleinen Tisch vis-à-vis, Kaffee und Marmeladetoast zwischen sich, und wurden vor Lachen geschüttelt.
Uhl schaute ihr ins Gesicht: *Wie schön sie ist. Wie gut ihr das Lachen tut.*
Paula dachte: *Wie glücklich er ist.*
Er verhakte seine Finger mit ihrer gesunden Hand: „Ich hab´ ein Attentat auf dich vor", sagte er.
„Klingt spannend. Ein Ausflug vielleicht?"
„Etwas Ähnliches. Ein Besuch. Im Krankenhaus."
Paula zog eine Grimasse. „Igitt, da komm´ ich doch grade erst her. Ich kann Krankenhäuser nicht ausstehen. Der Geruch, verstehst du?"

„Sicher versteh´ ich das. Und wenn ich dich darum bitte?"

Das Krankenhaus lag am anderen Ende der Stadt, ungefähr eineinhalb Kilometer vom Haus *An der Bachschleife* entfernt.

„Heute darfst du mich schieben", hatte Paula ihm erlaubt.

Im Foyer der Klinik erfragten sie Frau Mosers Zimmernummer. Im Aufzug dorthin fragte Paula. „Du hast die Frau noch nie gesehen?"

„Nein, aber sie hat ausrichten lassen, dass sie mich sehen will. Also tu´ ich der alten Dame den Gefallen."

„Und sie ist eine Hexe?"

„Dummes Geschwätz von Leuten, die einen begrenzten Horizont haben", erklärte er.

„So hab´ ich das nicht gemeint, Uhl. Ich dachte eher an Esoterikerin oder so."

Er brummte, was sie als Einverständnis empfand. „Da vorne ist es." Ihr Finger zeigte geradeaus.

Uhl klopfte an die Tür und öffnete sie behutsam. Zwei Patientenbetten standen im Raum. Im ersten lag eine alte Frau mit schlohweißem glattem Haar. Praktischer Kurzhaarschnitt. Die Frau im zweiten Bett musste Elins Mutter sein. Uhl glaubte, Elin vor sich zu sehen, wie sie in dreißig Jahren aussehen würde. Er schob Paula langsam an das Bett heran.

Frau Mosers erstaunlich glattes Gesicht erhellte sich, als sie den Besuch bemerkte. Ihr kleinen Augen funkelten lebendig. „Frau Moser?", fragte Uhl.

„Ich habe gewusst, dass Sie kommen werden", sagte sie mit fester Stimme. Ihre Augen registrierten, dass noch jemand das Zimmer betreten hatte, und ihr Mund lächelte.

„Ja", antwortete Uhl. „Elin hat mich schließlich drum gebeten."

Frau Moser stutzte kurz. Dann erwiderte sie: „Dich meine ich doch nicht, Uhl. Ich meinte deine Frau."

„Meine …? Uhl war baff. „Wie konnten Sie wissen, dass ich …"

„Das war nun wirklich nicht schwer, Uhl", sagte Elin, die von ihm unbemerkt ins Zimmer getreten war. „Du hast gelitten wie ein Hund, das war so offensichtlich."

Sie drückte sich an ihm vorbei und reichte Paula die Hand. „Ich bin Elin Moser. Sie sind also seine große Liebe?"

Paulas Augen wanderten zwischen der alten Frau Moser, der jungen Frau Moser und Uhl hin und her, blieben am Ende aber bei Uhl hängen. „Ja, das bin ich", antwortete sie so sicher, wie eine Frau nur sicher sein konnte, „und er die meinige."

Da beugte Uhl sich zu ihr und küsste sie zärtlich.

Elin gab ihrer Mutter ein Zeichen.

„Ja, Uhl, ich möchte mich bei dir bedanken. Dass du unser Haus gerettet und dass du uns geholfen hast. Ich werde nächste Woche wahrscheinlich entlassen." Sie griff mit einer Hand unter das Kopfkissen. „Ich möchte deiner Frau etwas schenken." Die Hand kam mit einem abgegriffenen Stück krummen Holzes wieder zum Vorschein, nicht länger als eine Frauenhand. „Hier, das ist ein Wurzelholz. Es war jahrzehntelang in meinem

Besitz. Aber jetzt, da ich alt bin, brauche ich es nicht mehr, und Elin wird in ein paar Wochen ein frisches bekommen." Sie sprach Paula direkt an. „Ich will, dass Sie es haben." Sie streckte ihr das Wurzelholz über die Bettdecke zu.

Paula nahm es mit ihrer gesunden Hand entgegen. Auch wenn sie über die Bedeutung des Wurzelholzes noch nichts wusste, war sie sehr gerührt und drückte das Holz ergriffen an den Mund. Sie ahnte, dass es sich um ein rituelles, vielleicht sogar heiliges Geschenk handelte.

„Danke", sagte sie leise. „Danke. Wie kann ich mich jemals erkenntlich zeigen?"

„Das müssen Sie nicht, und außer dass Sie uns einmal besuchen kommen, wird keine Gegenleistung von Ihnen verlangt. Unser guter Uhl weiß ja, wo wir wohnen. Nicht wahr, Uhl?"

Ein halbes Jahr später.
Samstag, März 2008
Paula und Uhl wohnten nicht mehr im Haus *An der Bachschleife*. Sie hatten eine ebenerdige Dreizimmerwohnung mit Gartenterrasse in *Durlangen* bezogen.

„Du verrätst mir nicht, wo wir heute hinfahren?", fragte Paula vom Rücksitz des Motorrollers nach vorne. Sie trug den Helm, den Uhl vor einem halben Jahr gekauft hatte.

„Nein, es soll eine Überraschung sein. Es ist doch keine Überraschung mehr, wenn du …"

„ vorher alles weißt, blablabla."

Er startete den Motor und fuhr los. Durch die Stadt, geradeaus über die Ampelkreuzung Richtung Sandertal. Vorbei an *Kirchenrottach*, zum Ortseingang *Sanderhofen*.

Uhl hatte der Gemeinde *Sanderhofen* einen Batzen Geld unter der Bedingung gespendet, den Holperweg zum Haus der Mosers wenigsten bis zum Wald zu sanieren. Genau das hatte die Gemeinde auch getan, doch keinen Meter weiter.

Ihm war das sogar recht. Denn als er mit dem Roller den Wald erreichte, hielt er an und sagte: „Absteigen. Den Rest gehen wir zu Fuß."

„Wie weit ist es? Ist es noch weit, Uhl?", fragte Paula etwas ängstlich.

„Das schaffst du, mein Engel, das schaffst du. Und wenn nicht, dann trag´ ich dich."

Also stieg Paula ab, hängte den Helm an den Lenker, ihren Arm bei Uhl ein, und dann gingen sie Schritt für Schritt langsam durch den Wald.

„Wie schön es hier ist", staunte sie. „Wie gut die Luft riecht. Frühling, Uhl."

„Ja, denke einfach nur an den Frühling. Dann merkst du gar nicht, dass du wirklich gehst."

Nach etwa vierhundert Metern öffnete sich der Wald zu einer großen Lichtung. Am linken Waldrand stand ein Haus aus Holz, davor ein Brunnentrog aus Sandstein. Hühner pickten im Hof. Entfernt knabberten Ziegen an Gräsern und Kräutern.

Paula blieb stehen. „Oh, wo hast du mich hingeführt, Uhl? Das ist ja richtig märchenhaft hier."

Die Haustür öffnete sich und zwei Frauen traten heraus.

„Elin und ihre Mutter", murmelte Paula ergriffen, als sie die Frauen erkannte. Die alte Frau Moser trug einen Stock als Gehilfe in der Hand.

„Uhl!", rief Elin und winkte ihnen zu. „Paula!"

„Gleich hast du es geschafft, mein Engel", sagte Uhl mit ruhiger Stimme. Und dann waren sie da. Beim Hexenhaus.

Die alte Frau Moser stieg, begleitet von einem majestätisch schreitenden Huhn, dessen Federn im Sonnenlicht golden schimmerten, vorsichtig die Treppe herunter. Paula löste sich von Uhl und imitierte mit ausgebreiteten Armen drei Sirtaki-Tanzschritte. Dann trennte die beiden Frauen nur noch ein halber Schritt.

„Ich habe es gewusst", sagte die alte Frau Moser und schloss Paula innig in die Arme, „dass die Richtige das Wurzelholz bekommen hat."

„Ja, es ist wie ein Wunder. Ich kann wieder gehen", antwortete Paula atemlos.

Unterdessen nahm Uhl Elin zur Seite. „Erinnerst du dich an deine Worte von damals? *Eher wird ein Lahmer wieder gehen können, als dass ich von dir Geld nehme.* Wie du siehst, kann Paula durch eure Hilfe wieder gehen. Paula und ich, wir bestehen darauf, dass wir uns nun revanchieren dürfen."

„Gut", antwortete Elin, „wenn das so ist, dann tretet bei uns ein und seid herzlich willkommen."

****

Bekenntnis eines Huhns.
Mein Name ist *Edeltraud*. Sollten **Sie** auf die nicht völlig abwegige Idee kommen, in mir die Fee sehen zu wollen, so sei Ihnen gesagt: Ich bin es nicht. Ich bin lediglich der verlängerte Arm der Fee.

Als sie mir den Auftrag gab, meiner Freundin, der alten Frau Moser, zwischen die Beine zu laufen und sie zu Fall zu bringen, erkannte ich die damit verbundene Absicht zunächst nicht. Erst im Nachhinein wurde mir ihr Plan, und somit der Sinn, richtig bewusst.

Denn wie sonst hätte Uhl Elin kennenlernen sollen? Und wie sonst sollte Uhl zur Erkenntnis gebracht werden, wen er eigentlich liebt? Und wie anders hätte in der Schlussfolgerung Paula geholfen werden können?

Falls **Sie** also irgendwann einem Huhn begegnen, dann behandeln Sie es mit Respekt. Denn vielleicht ist es gerade im Auftrag einer guten Fee unterwegs. **Für Sie**.

Anmerkung des Autors
Wie in Märchen allgemein üblich, entspricht auch in dieser Geschichte nicht alles der Wahrheit. So ist zum Beispiel die Ortschaft *Durlangen* mit dem real existierenden Durlangen in Württemberg nicht identisch. Die genannten Ortschaften *Kirchenrottach, Sanderhofen, Hintersander und Grafenhardt* sind reine Erfindungen.
Außerdem sollte man sich nicht auf die Heilkraft von Wurzelhölzern verlassen. Es sei denn, sie stammen von einem der seltenen Feen-Bäume. Dann könnte auch die vorliegende Geschichte durchaus wahr sein.

Weitere Bücher von Peter Siefermann im Twentysix-Verlag.

„Zwölfeinhalb Bären, oder wie die Bären nach Waldulm kamen."
ISBN: 9783740711917

„Das große Spiel, oder mit Lachdatte, Mängehatte und Poklapier."
ISBN: 9783740727451

„Tierisch-menschliches in Lyrik und Prosa."
ISBN: 9783740714000

„Drei Männer, zwei Boote, ein Fluss und der Blues."
ISBN: 9783740712952

„Teddor."
ISBN: 9783740729400

„Aus der Sicht des Pumas"
ISBN: 9783740731625

„Die Sachenfinderin"
ISBN: 9783740733674

„Der Totensänger."
ISBN: 9783740744281

„Der Bassist."
ISBN: 9783740746940

Der „Zach"
ISBN: 9783740749132

„Handkerchief"
ISBN: 9783740753580

„Zwölfeinhalb Bären auf Weltreise"
ISBN: 9783740766740

Alle Bücher sind auch als E-Book erhältlich.

Kriminalromane von Pit Ferman im Twentysix-Verlag.
aus der Edgar-Schaaf-Krimireihe.

„Schaafswinter."
ISBN: 9783740727550

„Schaafssturm."
ISBN: 9783740713454

„Schaafshammer."
ISBN: 9783740731533

„Schaafsgold und der ungelesene Autor"
ISBN: 9783740743277

„Schaafsinsel."
ISBN: 9783740752972

„Schaafshunde."
ISBN: 9783740708191

„Schaafsfrauen."
ISBN: 9783740761820

„Schaafssteine."
ISBN: 9783740766092

„Schaafsherbst."
ISBN: 9783740771980

Alle Bücher sind auch als E-Book erhältlich.

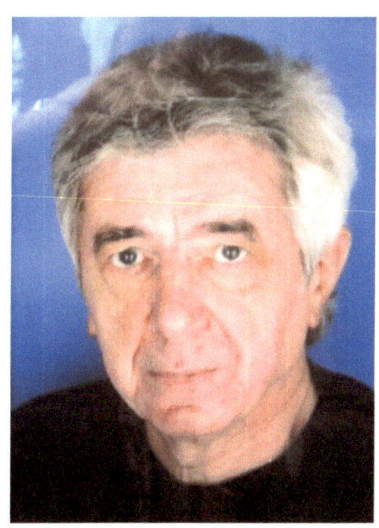

Peter Siefermann wurde 1953 in Kappelrodeck im Land Baden-Württemberg geboren. Er lebte über dreißig Jahre in Basel in der Schweiz und arbeitete für ein deutsches Transportunternehmen. Nach Versetzung in den Ruhestand zog er mit seiner Ehefrau nach Deutschland zurück.
Pit Ferman ist Vater zweier Kinder, die beide in der Schweiz leben.